김말봉 전집 5

꽃과 뱀

지은이

김말봉(金末峰, Kim Mal Bong) 1901~1961. 본명은 말봉(末峰), 필명은 보옥(步玉), 말봉(末鳳), 아호는 끝뫼, 노초(路草, 露草). 1901년 경남 밀양에서 출생하여 1919년 서울 정신여학교를 졸업하였고 이후 일본으로 건너가 1924년 동지사대학 영문과에 입학하였다. 1925년『동아일보』신춘문예에 가정소설 부문에 단편「시집살이」가 3등으로 입상하였다. 1927년 동지사대학을 졸업하였고『중외일보』기자 생활을 하였다. 1932년『중앙일보』신춘문예에 단편「망명녀」가 김보옥이라는 필명으로 당선되어 문단에 데뷔하게 된다. 이어서「고행」,「편지」등의 단편을 발표하였고 1935년『동아일보』에『밀림』을,『조선일보』에『찔레꽃』을 연재함으로써 일약 대중소설가로서의 자리를 굳히게 되었다. 하지만 일어로 글쓰기를 거부하여 더 이상 작품 활동을 하지 않다가 1947년『부인신보』에『카인의 시장』을 연재하면서 다시 소설 쓰기를 시작한다. 1954년『조선일보』에『푸른 날개』를, 1956년『조선일보』에『생명』을 연재하여 높은 인기를 얻었고 1957년 기독교 장로교회에서 최초의 여성 장로로 피선되었다. 1961년 지병인 폐암으로 사망하였다.

엮은이

진선영(陳善榮, Jin Sun Young) 문학박사. 1974년 강릉에서 출생하여 이화여자대학교 대학원 국어국문학과를 졸업했다.「한국 대중연애서사의 이데올로기와 미학」으로 박사 학위를 받았으며 현재 이화여자대학교에서 강의하고 있다. 대중문학에 대한 관심에서 출발하여 잊히고 왜곡된 작가와 작품의 발굴에 매진하고 있으며 젠더, 번역 등으로 연구의 영역을 확대하고 있다. 주요 논문으로는「유진오 소설의 여성 이미지 연구」,「마조히즘 연구」,「전통적 세계지향과 도덕적 인간학」,「부부 역할론과 신가정 윤리의 탄생」,「추문의 데마고기화, 수사학에서 정치학으로」등이 있고, 저서로는『최인욱 소설 선집』(현대문학),『한국 대중연애서사의 이데올로기와 미학』(소명출판),『송계월 전집』1 · 2(역락) 등이 있다.

김말봉 전집 5 - 꽃과 뱀

초판 인쇄 2016년 10월 15일 초판 발행 2016년 10월 25일

지은이 김말봉 엮은이 진선영 펴낸이 박성모 펴낸곳 소명출판 출판등록 제13-522호

주소 서울시 서초구 서초중앙로6길 15, 1층

전화 02-585-7840 팩스 02-585-7848 전자우편 somyungbooks@daum.net 홈페이지 www.somyong.co.kr

ISBN 979-11-5905-114-2 04810
　　　979-11-85877-30-3 (세트)

값 9,500원 ⓒ 진선영, 2016

The Complete Works of Kim Mal Bong

Vol.5 : Flower and Snake

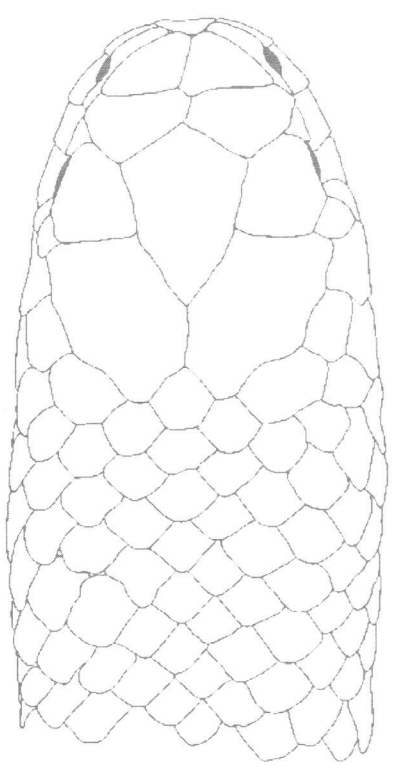

김말봉 전집 5

꽃과 뱀

진선영 엮음

 소명출판

일러두기

1. 김말봉 전집은 김말봉 발표 작품을 발표 연대별로 수록하였다.

2. 모든 작품은 발표 당시의 것(신문, 잡지 연재본)을, 연재 미확인 작품은 출판사 발행 초판본을 저본으로 삼았고 출처는 본문의 마지막에 명기하였다.

3. 본문의 표기는 독자의 편의를 위해 현행 한글맞춤법과 외래어표기법에 따랐다. 단 작품의 분위기에 영향을 준다고 판단되는 방언이나 구어체 표현, 일본어, 의성어, 의태어 등은 그대로 두었다.

4. 원문의 한자는 가급적 한글로 바꾸었고 작품 이해에 도움이 될 만한 한자는 그대로 두고 괄호 안에 넣었다. 어려운 단어나 방언, 일본어는 각주를 달아 설명하였다.

5. 원문의 대화 표기인 『 』은 " "로, 독백과 강조는 ' '로 표시하였고 말줄임표는 ……로 통일하였다. 과도하게 사용된 생략 부호나 이음 부호(-)는 읽기에 편하도록 조절하였다.

6. 원문에서 판독할 수 없는 부분은 □로 표시하였고, 기타 사용 부호는 원문 그대로의 것을 사용하였다.

머리말

　김말봉은『찔레꽃』의 작가이자 식민지를 대표할 만한 대중소설 작가이다. 임화는 김말봉의 돌발적 출현을 작가의 '유니크성'과 당대 소설 창작 환경의 모순에 두고 작금의 조선 소설계가 대망한 한 작가로 '김말봉'을 지목한 바 있다.

　유니크(unique)란 무엇인가? 유니크는 이중적 의미를 갖는데 '유일한, 독특한, 진기한'의 긍정적 의미와 '기이한, 돌출적인'의 부정적 함의를 동시에 갖는다. 김말봉의 유니크'성(性)'은 전 조선에 유례가 없는 독특한, 독창성이 풍부한, 진기한 유니크이며 반대로 이상하거나 기이한 존재로서의 유니크이기도 하다. 기실 이 양가성 사이에 김말봉의 문학이 자리 잡고 있다.

　식민지 시대 김말봉의 유니크함은 무엇인가. 김말봉이『밀림』과『찔레꽃』을 연재할 당시 문단의 이단적 존재로 받아들여졌던 이유는 스스로 '순수 귀신'을 비판하며 전면적으로 대중소설을 표방하며 문단에 출현했기 때문이다. 김말봉의 '대중작가 선언'은 독자들의 인기와 칭찬을 통해 '대중성'을 입증 받으면서 힘을 얻게 된다. 당시 김말봉 소설의 인기는 식민지 후반기 신문소설계의 새로운 흐름을 주도하여 대중소설이란 새로운 소설 장르를 분화시켰고 이로 인해 장편소설론, 신문소설 분화론, 통속문학론, 신문화재소설론 등의 다양한 비평적 활동을 촉발시켰다. 그러므로 김말봉의 역사적 등장은 엄밀한 의미에서 대중소설사의 시작이라 해도 과언이 아니기에 대중문학 연구가 축적된 현재 김말봉 전집의 기획은 대중문학사적 기반을 위한 의미 있는 출발이 될 수 있을 것이다.

해방 정국, 한국전쟁기 김말봉의 유니크함은 '장편소설' 창작에서 발견할 수 있다. 김말봉은 한국 작가 중 이례적으로 단편소설보다 신문연재 장편소설을 많이 쓴 작가이다. 현재 연구자가 확인한 김말봉의 단편소설은 동화 및 청소년 소설을 제외한 약 25편 남짓이고 장편소설은 신문연재 장편으로 31편이다. 하지만 여기서 한 가지 짚고 넘어가야 할 것은 연구의 대부분을 차지하는 식민지 시대 장편은 『밀림』, 『찔레꽃』 단 두 편뿐이라는 사실이다. 작가의 전체 작품 중 10%도 넘지 못하는 작품 편수가 작가의 역사적 이력과 작품의 전체 경향을 가두고 있는 형상이다. 이러한 현상은 작품의 90%에 해당하는 해방 이후, 한국전쟁기에 연재했던 소설이 실린 신문과 잡지를 구하는 일이 어렵기 때문인데 그러므로 김말봉 문학에 대한 기초적 자료를 확보하는 노력은 무엇보다도 시급하다.

김말봉 전집은 앞선 취지를 통해 기획되었다. 본 연구자는 대중문학으로 박사학위를 받았고 그것과 연계하여 대중문학 작가를 발굴하고 의미화에 연구적 역량을 집중하였다. 김말봉 전집의 출판은 그 시발점이 될 수 있을 것이다. 특히 김말봉의 경우 연재 당시의 인기에 힘입어 많은 단행본이 출간되어 있으나 연재 당시와 단행본 출간 시 작가에 의해 많은 개작이 이루어진 바 대중소설의 현장성과 인기를 복원하기 위해서는 당대의 신문 연재본을 발굴하여 정전화하는 작업이 필요하다.

또한 한국전쟁 이후 신문 연재 장편의 발굴은 김말봉 문학 연구의 외연을 확대하여 김말봉 전체 작품에 대한 의미화와 개별 작품 연구의 초석이 될 수 있을 것이다.

넋두리 없이 머리말을 닫기에 이 작업은 실로 고단하였다. 안과 수술 이후 무리한 작업으로 0.6의 시력을 잃었으며 손목 터널 증후군을 훈장으로 얻었다. 발굴의 상처가 다양한 후속 연구의 밑거름이 되길 기원한다. 더불어 인문학의 현장에서 함께 고민하는 동학들과 사랑하는 가족들 박창성, 박성준, 박경민에게 감사의 마음을 전한다.

수리산 끝자락에서

2014.10

4권을 내며

김말봉 전집의 네 번째 책을 발간한다. 이전의 책들(『김말봉 전집』 1~3권(『밀림』 상・하, 『찔레꽃』))이 김말봉의 식민지 시대 발표 작품이라면 네 번째 책(『가인의 시장』/『화려한 지옥』)은 『밀림』 후편이 연재 중단된 이후(1938.12.25) 9년 만에 발표한 작품으로 이 작품을 통해 김말봉의 해방 이후 작품 세계가 시작된다.

『가인의 시장』은 1947년 『부인신보』에 연재된 작품인데 1948년 5월 미완으로 연재가 종결되고 1951년 『화려한 지옥』으로 제목이 변경되어 출판된다. 『가인의 시장』은 『부인신보』 연재 당시 '佳人의 市場'으로 연재되었고 『화려한 지옥』 1954년 문연사판 서문에는 '카인의 시장'으로 명명되었다. 『화려한 지옥』으로 출간될 때 제목과 목차 일부가 변경되었고 결말이 보충되었다. 다른 이름의 같은 작품은 서로에게 의미 있는 참조점이 될 것이라 생각되어 함께 발굴하였다.

2014년 김말봉 전집을 시작할 때 한 해에 두 편 이상의 작품을 발굴하리라 목표하였다. 이 목표를 성실히 이행한다 하더라도 전작을 전집화하기 위해서는 15년 이상이 걸리기 때문이다. 하지만 이듬해부터 실패다. 마이크로필름이라는 변수를 만났기 때문이다. 해방기-한국전쟁기 이후 발간된 종이 신문에 대한 현실적 접근이 어려운 상황에서 마이크로필름은 참으로 고마운 기록화이지만 이것은 두 배의 시간을 필요로 하였다. 마이크로필름을 출력하여 문서화하고 판독 불가능한 부분은 종이 신문을 통해 보충하였고, 다시 단행본을 참고하는 형식으로 작업을 진행하다 보니 올해 한 권의 작품을 발굴하는 데 만족해야 했다.

다시 한 번 쓴다. 발굴의 상처가 다양한 후속 연구의 밑거름이 되길 기원한다. 더불어 인문학의 현장에서 함께 고민하는 동학들과 사랑하는 가족들 박창성, 박성준, 박경민에게 감사의 마음을 전한다.

다시 수리산 끝자락에서

2015.11

5 · 6권을 내며

김말봉 전집의 다섯 번째, 여섯 번째 책을 발간한다. 원래 5 · 6권은 4권과 함께 작년에 출판할 예정이었으나 저간의 사정으로 올해 출판하게 되었다. 아쉬운 점은 지금까지의 전집이 신문이나 잡지에 연재된 원본인데 반해 5 · 6권은 연재 여부의 불확실로 인해 단행본을 저본으로 삼았다는 사실이다. 김말봉 전집은 김말봉 발표 작품을 발표 연대별로 수록하는 원칙을 세웠기에 그러하며 자세한 내용은 작품 해설을 참조하길 바란다.

전집을 발간하며 해마다 누적되는 머리말이 오히려 사족처럼 느껴지지만, 첫 머리말에서 존경을 표하지 못한 많은 선생님들과 연구자들에게 죄송할 뿐이다. 고립된 자의 독선을 열정이라 착각했던 것 같다. 지금의 이 전집은 앞서 김말봉의 작품을 사랑하고 연구한 모든 선배 연구자들로 인해 가능한 저작물이다. 감사와 존경의 마음을 받치며 사랑하는 가족들 박창성, 박성준, 박경민에게도 마음을 전한다.

2016.9
진선영

차례

꽃과 뱀

제1회

사랑채에서 안채로 들어가는 중로에는 거무튀튀한 판자문이 있고 그 판자문에는 '불허단입(不許擅入)'이라는 글자가 약간 퇴색이 된 채 도톰히 획수가 돋아나 있다. 이 판자문이 생긴 지 오래된 증거다. 식모 숲골댁이 들어온 지 석 달이 접어들었는데도 그는 뜰과 사랑으로 통한 판자문 앞까지만 쓸고 사랑 마당으로는 나오지 못하게 돼 있다.

그 때문에 그는 사랑채의 방 모습이나 뜨락의 넓이 같은 것은 전연 알 수가 없는 것이다. 어느 비 오는 밤에 이 집으로 들어와서 안채 부엌에 붙어 있는 자기 방으로 들어간 후 그는 석 달 동안 한번이라도 이 판자문 밖으로 나온 일은 없기 때문이다.

사랑이 다섯 개나 되는 방이며 백 평이 넘는 정원의 소제는 애꾸눈인 백 첨지라는 늙은이가 맡아서 하는데 이 늙은이는 어떻게 보면 이 집 심복 하인과도 같고 또 어찌 보면 가까운 일가와도 같이 보였으나 그는 이 집 일가는 아니었다.

백 첨지는 아침 일찍이 시장으로 가서 고기와 채소와 생선을 사들여 오고 뜨락을 쓸고 정원 나무에 물을 주고 그리고 오후가 되면 자기 방으로 지정되어 있는 사랑방 맨 끝의 행랑방과 마주보는 이간 방에서 코를 골고 낮잠을 자는 것이다.

식모 숲골댁은 이 집에 와서 별로 할 것이 없었다. 첫째 이 집은 식구가 적다. 식모와 비슷하게 젊디젊은 주부와 그리고 그의 남편쯤 되어 보이는 젊은 청년, 그는 한 쪽 귀가 없다.

백 첨지와 식모 자신까지 모두 네 사람이다. 아침 점심 저녁밥을 짓고 방 셋과 마루를 닦고 뜨락을 쓸고 나서 식구들의 빨래 그것은 숲골댁에게는 장난감같이 손쉬운 일들이다.

오후 네 시가 되어 판자문 밖에 요령[1] 소리가 나면 주부는 달려가서 판자문 고리를 벗긴다.

숲골댁에게는 이 문고리에 손을 대지 말라는 것이다. 몸집이 호리호리하고 키가 날씬한 중년 남자가 가방을 들고 안경을 쓰고 잠자코 들어온다. 네모테 안경 너머로 보이는 사나이의 두 눈은 허공을 바라보는 것같이 천장을 쏘아 보면서 기계적으로 가방을 젊은 주부에게 안기어 주면

"그러지 않아도 의사가 안 오느냐고 야단법석이랍니다."

하고 주부는 갸름한 얼굴에 미소를 띤다. 숲골댁은 이 주부의 웃는 얼굴이 마음에 들지 않았다.

그 얇디얇은 파르스름한 입술이 코 아래로 도르르 말려드는 순간 하얀 잘디잔 이빨 그것은 돌같이 단단하고 칼로 배인 듯이 고른 그런 이빨이 어금니까지 온통 드러난다.

그러나 여인의 눈은 결단코 웃지 않고 똑바로 사람을 쏘아보고 있는 것이다. 사기로 해 넣은 눈과 같기도 하고 나무로 새겨진 눈과도 비슷

---

1 솔발(놋쇠로 만든 종 모양의 큰 방울).

한 눈동자는 조금이라도 좌우로 흔들리지 않는다.

숲골댁은 가끔 이런 웃음을 웃는 주부의 얼굴과 직면할 때는 그는 얼굴을 돌려 버리거나 눈을 떨어뜨려 버리는 것이다.

지금도 주부는 이러한 웃음을 웃고 의사와 나란히 뒤채로 들어간다. 주부의 몸은 어깨가 착 내려지고 목이 쭉 패인 미인의 몸맵시다.

얼굴은 갸름한데 약간 푸른빛이 떠돌고 진하게 돋은 눈썹의 미간은 좁다. 까마귀 깃처럼 윤택이 있고 숱이 많은 머리는 곱게 낭자 쪽을 졌다.

앞채에서 한 마장²이나 떨어져 있는 뒤채에는 숲골댁은 한 번도 가본 일이 없다. 처음 이 집으로 식모살이를 오던 이튿날 다침 숲골댁이 비를 들고 뒤뜰로 들어가려니까 젊은 주부가 당황스럽게

"거기는 그냥 두어두. 쓸어 내는 사람이 따로 있으니."

하고 식모의 등을 밀어내는 것이었다. 드높은 아자 영창이 닫혀 있기 때문에 방안 사정은 전혀 알 수 없었으나 방안에 붙어 있는 마루는 뿌옇게 먼지가 앉았고 마루 아래는 남자 흰 고무신이 한 켤레 놓여 있다.

뒤채에 대해서 숲골댁은 그 이상 아무런 지식도 얻을 수 없었다. 나무 가지에 미풍이 불면 잎사귀들이 푸른 새처럼 하늘거리는 첫 여름이 왔다. 여름철이 다가오면서 숲골댁의 빨래는 훨씬 많아졌다. 그래서 숲골댁은 즐거웠다.

어느 날 빨래에 풀을 먹여 줄에 걸치고 나니 쨍쨍하던 햇살이 슬며시 사라지고 날씨는 몹시 찌뿌듯해졌다.

잘 마르지 않은 빨래는 기어이 숲골댁을 밤늦도록 다림질을 시켰다.

---

2 거리의 단위. 오 리나 십 리가 못 되는 거리를 이름.

변소에 가고 싶어진 숲골댁은 몽당 촛불을 들고 뜰아래 멀찍이 떨어져 있는 변소로 갔다.

변소 문 앞에 오자 갑자기 촛불은 탁 꺼져 버렸다. 후드득 떨어지는 빗방울과 함께 바람이 휙 불어온 까닭이다.

캄캄한 변소 문을 여는 숲골댁의 등어리에는 버썩 진땀이 솟았다. 변소 문을 여는 것과 꼭 마찬가지 시각에

"음!"

하는 사람의 신음 소리가 들린 때문이다. 바람에 실려 먼 곳에서 오는 소리다. 변소에서 나오려니까 제법 똑똑하게

"으흐흐 음, 히히 음!"

하는 소리가 났다. 어디서 이런 소리가 나는가 숲골댁은 이리저리 둘러보고도 싶었으나 전신에 소름이 끼치고 귀청이 멍하도록 무서운 생각만이 들어 그는 달음박질로 자기 방으로 뛰어갔다.

"차 차악, 음 차악 착 아이구……."

숲골댁이 거처하는 부엌 간방 봉창으로 자꾸만 들려온다. 오한이 나도록 무서워져서 숲골댁은 이불을 당겨 머리까지 덮어 버렸다.

얼마를 지난 뒤 숲골댁은 숨이 가빠져서 이불을 벗겼다. 여전히

"으흐흐 착! 찰싹 아이구구……."

하는 소리가 들려왔다. 봉창을 스쳐 가는 바람 소리도 있어 숲골댁은 한참 동안 귀를 기울였다. 소리는 아마도 뒤채 있는 쪽에서 들려오는 것 같다.

그는 큰마음을 먹고 손가락에 침을 발라 봉창 구멍을 뚫었다. 뒤채 아자 영창에는 불빛이 희미할 뿐 별다른 사건도 발견하지 못하였다.

신음 소리도 그치고 숲골댁은 봉창에서 눈을 떼려는 찰나였다.

숲골댁은 가늘게 부르짖고 봉창 구멍에 바싹 눈을 대었다. 방문을 열고 나오는 사람은 분명코 이 집 젊은 주부였다.

그리고 즈부의 손에는 기다란 채찍이 들려 있다. 주부의 뒤로 젊은 사나이가 따라 나오는데 반쯤 열린 영창문으로 누워 있는 사람의 상반신이 보인다. 머리가 허옇게 세인 늙은 사나이가 두 손을 결박당한 채로 누워 있는 모습이 죽은 사람과 비슷하게 보여 숲골댁은 전신을 스쳐 가는 찬 소름을 느끼면서 눈은 여전히 봉창 구멍에 대인 채다.

그 사이 비가 그친 뜰 아래로 채찍을 들고 내려서는 여인의 하얀 치맛자락은 휙휙 불어오는 바람에 함부로 휘날린다.

마루에서 돌아서서 방문을 닫고 뜰로 내려서서 신을 신는 사나이는 여인의 등 뒤로 다가선다.

검은 구름이 찢어지는 사이로 푸른 달빛이 사나이으 한 쪽 귀 없는 얼굴 위에 안개처럼 서린다.

"싫어 저만치 물러서."

삥 돌아서는 여인의 치마폭은 바람 속에서 풍선처럼 부풀어 오른다. 바람에 실려 사나이의 대답 소리도 숲골댁의 귀에 똑똑히 들려온다.

"왜? 아버지가 시키지 않았어?"

사나이의 얼굴에는 자조의 웃음이 흘러간다.

"아버지? 나는 네 아버지의 여편네야. 덤비면 때려 준다."

여인은 채찍을 빙빙 허공에 돌리며 사나이를 노려본다.

"아버지의 여편네? 그래도 내 어머니는 아니야."

순간 여인의 손에 들린 채찍이 찰싹 사나이의 어깨를 내려친다. 흠칫 어깨를 비꼬는 사나이는 탁 하고 발 아래로 침을 뱉고 앞을 서서 걷는다. 안방 문이 열리는 소리가 나고 한참 만에 깨드득 하고 여인의 웃음소리가 들린다.

숲골댁은 방 한 구석에 놓여 있는 자기의 보따리를 열었다. 벽에 걸린 행주치마며 크림 통이며 빗이랑 거울이랑 모두 챙겼다.

날이 새자 숲골댁은 넉 달 만에 판자문 밖으로 나왔다. 그는 젊은 주부에게서 반 달치 월급을 받고 이 집을 하직하여 나가는 것이다.

"어딜 가는 거유?"

빗자루를 들고 마당을 쓸고 있던 백 첨지가 애꾸눈을 깜박거리며 물었다.

"당신도 나갑시다. 이 집에는 도깨비들이 살고 있어요."

하고 숲골댁은 보퉁이를 들고 큰 마당을 지나 거리로 나가 버렸다.

'도깨비 집!'

비를 들고 백 첨지는 망연히 생각에 잠긴다.

×   ×   ×

지금부터 삼십 년 전 백 첨지는 통도사의 공양승 묘운이었다. 그가 속환(俗還) 되어 삼십 년을 지난 오늘에도 통도사에서 때던 불을 여기 이 집 주인 민관우 씨의 집에서도 때고 있느니만큼 그의 운명은 별다른 변화도 비약도 없다.

그러나 그가 따르고 아끼어 오늘까지 이른 민관우 …… 그때 통도사의 젊은 중 혜남은 너무도 희한한 운명의 길을 걷고 있었다.

통도사를 둘러 산 변두리 일대가 자색 안개 속에 잠길 때면 촌마을 색시들의 가슴은 산채 잎사귀에 피는 꽃망울처럼 부풀어 오는 것이다.

사월 초파일 석가여래님의 탄신을 맞이하는 통도사의 수백 명 도승들의 가슴 속에서도 인생의 봄은 무르익어 백팔번뇌가 구원의 봄을 지향하는 통심(通心)에도 전하여 온다.

석가님의 탄신을 축하하는 독경과 염불이 이레 동안 계속 되는데 전국에서 모여드는 선남선녀가 십만을 넘었다는 어느 해 초파일, 독경이 시작하여 사흘째 되던 날 밤 혜남은 이상한 꿈을 꾸고 마음이 편치 않았다.

아침 염불을 마치고 나오는데 공양 준비로 분주한 묘운이 물을 긷고 있는 것이 보였다. 혜남은 묘운에게로 가서 꿈 이야기를 하였다.

"꽃 속에 뱀[3]이 있고 뱀이 처녀로 변하는 꿈, 어떻게 생각해?"

"재수 없게 아침부터 뱀 이야기를 하다니 ……."

묘운은 물통을 들고 주방으로 들어가 버렸다. 혜남은 따뜻이 아파 오는 머리를 식히려 세수를 시작했다.

공양 승들이 양푼에 퍼 놓은 밥들을 상좌들이 이방 저방 바쁘게 나르는 양이 오늘 달리 딴 세상일 같이 느껴지는 혜남 앞에 밥을 먼저 먹고 나온 듯한 젊은 여성 하나가 혜남이 막 쓰고 난 바가지로 물을 떠서 손을 씻는다.

무심코 힐긋 바라보는 혜남은

"앗."

하고 가늘게 소리를 쳤다.

---

3   원문에는 '배암'으로 되어 있는데 '뱀'으로 고침.

"그 처녀야 분명 …… 꿈에 본 처녀."

취한 듯이 중얼거리고 있는 동안 처녀는 혜남을 이상스러운 듯이 돌아보고 그 자리에서 멀어져 갔다.

여래님 탄식 축하 염불이 끝나도록 검정 치마에 흰 저고리를 입은 그 처녀는 영영 다시 나타나지 않았다.

동그스름한 이맛전 아래 그 영롱하던 눈동자는 수천만 개의 눈 속에서 찾을 길이 없었다. 절간 돌층계를 장식하던 철쭉꽃도 시들고 뒷산의 폭포소리가 유난히 드높은 여름철이 왔는데도 혜남은 우울하였다.

그는 마음속에 사무치는 번뇌를 잊어버리려고 하루에도 몇 번씩 관세음보살 앞에 꿇어앉았다. 혜남은 목탁을 들고 눈을 감았다.

"지심정례공양(至心頂禮供養)."

길게 목청을 뽑은 뒤 자그르르 자그르르 목탁 소리가 가늘어지면 혜남의 목소리는 눈물겹도록 설움에 잠긴다.

"해안고절처(海岸孤絶處) 보타낙가산(寶陀洛迦山) 정법명왕(正法明王) 성관자재(聖觀自在) 소복화관(素服花冠) 원용려질(圓用麗質) ……."

여기까지 이르면 혜남의 눈앞에는 꿈에 본 소녀의 얼굴이 뚜렷해 온다. 목탁 소리도 꿈을 꾸듯 황홀해지고 혜남의 목소리는 귓속질처럼 가냘파진다.

"순염주홍(脣艶朱紅) …… 미만초월(眉彎初月) ……."

혜남의 눈앞에는 바가지를 들고 물을 뜨는 처녀가 미소하는 얼굴로 자기를 응시하고 혜남은 처녀와 이야기를 시작한다.

자그르르 자그르르 목탁 소리의 사이사이로 혜남의 풀이는 꿈속으로 들어간다.

"그대는 보살의 화신이옵니까 아니면 그대는 부처님의 현현[4]이옵니까? 정염의 화옥(火獄)에서 타는 이 중생 위에 대자대비를 나리옵소사 …… 나리옵소사 대자대비 …… 관세음 ……."

그러나 염불이 혜남의 마음에 편안을 가져오기 전 처녀의 환상이 꽃처럼 혜남의 가슴에 안기고 뱀처럼 혜남의 허리에 감기었다. 혜남은 괴로웠다.

"관세음보살! 육자대명왕 진언옴마니반배홈 ……."

혜남의 입에서는 서나 앉으나 염불이 잠시도 쉬지 않았다.

여름이 가고 가을이 왔다. 혜남은 얼굴이 창백하고 관골[5]이 앙상히 드러났다. 하루 종일 아무것도 먹지 않는 날도 있었다.

식욕을 완전히 잃어버린 까닭이다. 단지 그의 두 눈만이 샛별과 같이 나날이 빛을 더해 갈 뿐이었다.

어느 달 밝은 가을 밤 혜남은 표연히 절을 등지고 말았다. 혜남의 나이 스무 살이었다. 절과 마을을 이은 넓은 솔밭 길을 거의 벗어날 무렵 혜남은 자기 뒤에 묘운이 따르고 있는 것을 알았다.

묘운의 나이는 스물다섯이었다. 날과 달이 흘러갔다. 경남 사천군 곤양면 성내 보통학교에는 새로 들어온 선생이 있다. 한문에 능하고 글씨 잘 쓰는 이 젊은 선생은 용모가 수려하고 예절이 단정하여 학교의 신임이 두텁다. 선생의 이름은 민관우, 금년 스물네 살 는 청년이니 따지고 보면 사 년 전에 통도사를 나온 혜남이었다.

혜남은 뼈를 깎는 고뇌에서 스스로 해방을 받으려고 산도 넘어 보고

4 　顯現. 명백하게 나타나거나 나타냄.
5 　광대뼈.

강도 건너 보았다. 사념에서 떠나 눈을 멀리 누리[6] 위에 두기도 소원하여 관우(觀宇)로 개명한 것이다.

강과 산과 절간을 헤맨 지 일 년 반 만에 혜남의 삼촌은 혜남을 사범학교에 입학을 시켰다. 그래서 혜남은 한 사람 몫의 보통학교 선생이 되었다.

묘운은 혜남의 삼촌 집에서 군불도 때고 마당도 쓸고 틈이 있으면 뒷산에 올라 풀도 한 짐씩 베어 왔다. 묘운은 어디서나 혜남과 함께 있으면 즐거웠다.

절에 있을 때도 혹시 혜남이 아프다든지 피로하여 입맛을 잃을 때면 기어코 스님에게 가서 꿀이며 오미자를 얻어다 혜남에게 마시게 하고 여름철 더운 밤이면 묘운은 가끔 혜남의 머리맡에서 부채질을 해주고.

묘운은 어버이의 사랑도 모른다. 더구나 여인의 사랑은 묘운에게는 뜬 구름이었다.

그의 인간적 애정의 모든 열매는 혜남 한 사나이에게 대한 우정으로 송두리째 바치고 만 것이다.

혜남이 절에 있으면 묘운도 절에 있어야 했고 혜남이 속으로 돌아갈 때 묘운도 속환이 되었던 것이다.

곤양 보통학교에 새로 들어온 민관우 선생은 이학년 담임이다.

보리 가을이 가까워 오는 사월 어느 날 바람이 몹시 불고 날씨가 흐리었다. 직원실에 앉아 교안을 들여다보고 있는 민관우 선생의 곁에 앉은 최 선생이 주의를 시켰다.

---

6 세상(世上)을 예스럽게 이르는 말.

"손님 오시잖았어요?"

관우 선생이 눈을 들었다. 순간 그의 눈앞에 나타난 한 개의 얼굴과 시선이 마주쳤다.

"앗!"

관우의 목구멍으로 가느다란 비명이 흘러나왔다. 관우의 안색은 파랗게 질리고 연필을 들고 있는 손가락이 바르르 떨린다.

"선생님 바쁘신데 미안합니다."

약간 허리를 굽히는 젊은 여자 손님은 이 고장에서는 잘 볼 수 없는 옷차림이다.

상하로 포돗빛 슈트를 입고 굽이 낮은 자줏빛 구두를 신었다. 분을 발랐는지 그런 것은 분간할 수 없으나 높은 교양과 흐문으로 닦은 기품이 그 얼굴에서 웃는 모습에서 또렷이 보이는 것이다.

'꿈에 본 처녀다. 단연코 꿈에 본 그 처녀?'

사 년 전보다 훨씬 더 성숙하고 연마되어 선명한 색채와 향기로서 자기 눈앞에 서 있는 것이다.

제2회

관우는 잠자코 젊은 여인의 얼굴을 바라보았다.

무슨 일로 찾느냐고 물어야 할 것이로되 관우는 입이 붙어 버린 듯 아무 말이 나오지가 않았다.

"저 제 동생 진동식이가 ……."

여인은 관우의 기색을 살피면서 미안한 듯이 말을 계속한다.

"걔가 공부를 잘 못해서 선생님 속을 태워 드리는 줄 잘 알아요. 동식이에 대해서 이야기 드릴 것도 있고 …… 어머님 말씀이 내일 저녁 진지를 저희 집에서 잡수시도록 시간을 낼 수 있을까 여쭈어 보라고 해서 왔습니다."

"……."

"어떠세요?"

여인의 얼굴이 약간 붉어졌다.

"…… 가 가지요."

겨우 이 한마디를 하고 관우는 한 손으로 이마를 쓸었다. 둥글고 파란 이마다.

여자 손님이 돌아간 뒤에도 민관우는 한참 동안 그 자리에 서 있었다.

'숏골'에서도 약간 드높은 지대 위에 서 있는 기와집은 지은 지가 그리 오래 되지 않은 까닭인지 집 구조가 현대적 색채를 띠고 있다.

첫째 그 집 대문이 쇠창살로 된 데다 그 안에 커다란 반송[7]이 한 그루 전후좌우로 가지들이 뒤틀려 멋들어진 포즈로 뻗치고 있다. 부임한 지가 오래지 않은 까닭에 생도의 집을 골고루 다 찾아보지 못한 관우 선생은 멀리서도 동식네 집 건물이 이 고장 어느 집에 비해서 뚜렷한 데 눈이 띄었다.

그러나 관우의 눈앞에는 건물이 크거나 적거나 그런 것은 아무런 의미를 가지지 못한다.

단지 그는 오늘 그 처녀를 만나 본다는 사실만이 그의 가슴을 고무풍선처럼 둥실 떠오르게 하는 것이었다.

전신이 마비되도록 격렬한 흥분을 느끼면서 개울을 건너는 관우의 모자 위에 잽싸게 바람이 불어왔다.

관우는 한 손으로 모자를 벗어 들고 둑으로 올라섰다. 달음박질로 먼저 뛰어 들어간 동식이를 따라 관우 선생이 쇠창살 대문 앞에 섰을 때 반송 아래서 방그레 웃는 젊은 여자가 있다.

어제 찾아왔던 그 꿈의 처녀다.

"선생님 바람 부시는데 미안합니다."

그는 어제와 달리 오늘은 연둣빛 반회장저고리에 분홍치마를 받쳐 입고 …… 그것은 꿈에 본 진달래꽃 빛깔이었다. 초록빛 운혜[8]를 신었다.

강렬한 광선을 쏘이는 때와 같이 관우 선생은 눈이 부셨다. 그는 주홍빛으로 붉어 오는 자신의 얼굴에 확확 끼얹히는 툴길을 느끼면서 여

---

7 키가 작고 가지가 옆으로 퍼진 소나무.
8 여자들이 신는 마른신의 하나. 앞코에 구름무늬를 놓는다 하여 운혜라 부름.

자와 나란히 안으로 들어갔다.

　"아이고 이 바람 부시는 날에 …… 선생님 고맙습니다."

　동식이 어머니가 뚱뚱한 몸에 행주치마를 끄르며 뜰로 내려선다.

　관우는 무슨 말이고 한마디쯤은 해야 될 것을 생각하였으나 그는 도
무지 입이 떨어지지 않았다.

　단지 두 번 고개를 숙여 보이고 빙긋 웃으려 했으나 입과 입언저리의
모든 근육이 마음대로 움직여지지 않았다. 다만 양편 뺨에 두어 번 실
룩실룩 경련이 지나갈 동안 그는 신발을 벗고 대청마루로 올라섰다.

　"날씨가 선선하군요, 방으로 들어갑시다."

　젊은 여성은 수줍게 웃고 아랫목 방석으로 관우 선생을 앉혔다.

　"인사드리겠습니다."

　비단 치맛자락을 한 손으로 여미며 여인은 허리를 사뿐 굽히고

　"저는 동식이의 누나 되는 …… 진화라고 해요."

　조용히 도사리는 치마는 그대로 붉은 꽃방석같이 보였다.

　그리고 그 꽃방석 속에서 방금 고개를 휘두르며 꽃빛 뱀이 나올 것 같
이 연연하고 신비스럽게 보였다.

　전신이 녹아질 듯 관우는 황홀감에 빠져 들어갔다.

　"……."

　관우는 여전히 잠잠한 채 약간 자리를 고쳐 앉았다.

　"선생님 성함은 민 ……."

　진화가 궁금해서 묻는 말이다.

　"민 …… 민관우올시다."

　그제야 입이 떨어진 관우는

"갑자기 이런 말씀을 드려 죄송합니다만 ……."

관우는 한 손으로 이마를 두어 번 쓸고 나서

"혹시 사 년 전 사월 초파일에 통도사로 오신 일이 없으신가요?"

진화를 바라보는 두 눈이 별과 같이 빛난다.

"사 년 전에요? 네 갔다랬어요."

진화는 커다랗게 고개를 끄덕이고

"제가 고녀(高女)를 졸업하던 봄이었어요. 어머니와 함께 통도사를 구경 갔댔지요. 왜 그러세요?"

하고 진화는 길게 열린 두 눈을 똑바로 뜨고 관우를 바라본다.

관우의 쪽 곧게 내리 솟은 코가 미술학교에서 교제로 쓸 수 있는 전형적 아름다운 코라는 것을 생각하며 진화는 좀 더 자세히 관우의 얼굴을 들여다보는 것이다. 관우는 조용한 목소리로

"거기서 잠깐 뵌 일이 있는 듯해서 말씀입니다."

남자의 입으로는 작은 편이나 도톰하게 부풀어 오른 아랫입술이 그의 쪽 곧은 코와 잘 조화되어 있는 것이 화가인 진화에 게는 유쾌한 일이었다.

"저를 보셨어요? 어쩌면 ……."

진화는 신기로운 듯이 고개를 기울여 웃고 나서 대청으로 나간다.

향기로운 꽃 덤불이 걸어 나가듯 아련한 향취가 원광처럼 진화의 몸에서 풍겨 난다.

진화가 들고 온 소반 위에는 뽀얀 은주전자며 은 술잔이 한 개 그리고 방금 지져 낸 고기와 생선의 전유어들이 소복이 담긴 접시가 놓여 있다.

진화는 주전자를 들고 노란 약주를 따르며

“집에서 만든 어머니 솜씨에요, 좀 잡수세요.”

“…….”

관우는 술잔을 단숨에 마셔 버렸다. 두 번째 따르는 잔도 마셔 버렸다. 세 번째 술을 따르며

“안주도 좀 잡수셔야죠?”

하고 진화가 젓가락을 관우의 앞으로 당겨 놓는다.

세 번째 잔을 들며 관우는

“진화 선생님은 지금은?”

“뭘 하느냐는 말씀에요? 동경 미술에 재학 중인데요 내년이 졸업이야요. 동양화…….”

“…….”

관우는 잠자코 젓가락으로 안주를 집었다.

“저도 좀 먹을까요?”

진화는 손가락으로 전유어를 한 개 집는다.

약간 드높은 눈썹이 활등 모양으로 휘어지고 잔잔한 눈시울이 기품 있게 길게 위로 치킨 듯하며 발그스레한 입술이 풍만한 뺨 위에 꽃망울을 수놓은 …… 진화는 꿈에 본 처녀 그대로다.

그것은 또 혜남 시절부터 마음 깊은 그늘 속에 깃들어 있는 관세음보살의 모습이기도 하다.

관우는 구름 속을 달리는 달처럼 다만 황홀해진다.

관우는 약간 떨리는 손으로 주전자를 들어 잔에 따라 두 손으로 진화 앞에 내밀었다.

“안주를 잡수셨으니 한 잔 받으시지요.”

진화는 고개를 까딱하고 잔을 받아 조용히 마셨다.

언제 시작하였는지 가는 비 가락이 창을 스치고 그 창에는 엷은 어둠이 스며든다.

주전자가 절반 비어질 무렵 비 소리가 약간 굵어지고 방 안에는 남포등이 켜졌다.

저녁상이 들어왔다. 둥그런 밥상 한 모퉁이에는 진화의 어머니며 진화의 동생도 참례하였다.

진화는 밥을 떠 넣는 관우의 손이 가늘게 떨고 있는 것을 보았다. 진화 어머니의 간절한 청도 있었지만 관우는 맛도 모르는 밥을 어느새 한 그릇을 다 비우고 있는 자신에 깜짝 놀랐다.

"좀 더 잡수실까요?"

하고 진화가 방긋 웃는 것을

"더 주신다면 먹어도 좋아요."

관우는 자신도 모르는 사이 이런 대답을 하고

'내가 취했다.'

생각하며 머리를 긁었다. 새로 밥이 들어 왔으나 관우는 수저를 놓았다. 그들은 별로 할 말도 없이 한참 동안 우두커니 앉아 있었다.

"저녁을 먹었으니 이제 돌아가 봐야 되겠습니다. 동식이는 한 주일에 두어 번씩 와서 복습을 시켜도 좋구요."

관우가 몸을 일으켰다.

"이게 산딸기에요."

하고 진화 어머니가 꿀에 버무린 딸기를 대접에 담아 왔다. 진화도

"좀 잡수세요, 네?"

관우는 도로 앉지 않을 수 없었다.

"그럼 복분자 맛을 보고 갈까요?"

하고 숟가락으로 딸기를 뜬다. 바깥은 점점 어둠이 짙어 오고 방안의 남포는 차츰 밝아 왔다.

등잔의 광선을 옆으로 받은 진화의 얼굴에는 어딘지 숭엄한 아름다움이 아로새겨진다.

"절에는 왜 계셨어요?"

진화가 기어이 묻고 싶은 말을 물었다.

"거기서 중노릇 …… 했지요."

"네."

진화는 별로 놀라지도 않고

"왜 그만두셨어요?"

"……."

관우는 잠자코 딸기를 숟갈로 떠 입에 넣는다. 진화는 두 번째

"왜 그만두셨어요? 네?"

그제야 관우는 가만히 한숨을 삼키고

"살아 있는 관세음보살을 찾으려고 절을 뛰쳐나왔지요."

"살아 있는 관세음보살?"

진화는 관우의 말을 되받고

"관음이 살아 계실까요?"

하고 고개를 기울인다. 관우는 잠자코 머리를 끄덕여 보인다.

"그래 만나 보셨어요?"

관우는 괴롭게 웃고 진화를 바라본다. 그의 두 눈이 반딧불같이 타오

르는 것을 진화는 보았다.

진화는 웬일인지 고개를 숙여 버렸다. 두 사람 사이에는 침묵이 흐르기 시작하였다. 후르르 창문을 치는 비 가락은 분명코 바깥은 또 바람이 이는 모양이다.

관우는 자리에서 부스스 몸을 일으키며

"가 보겠습니다."

하고 모자를 집어 든다. 진화도 따라 일어섰다.

관우가 먼저 방을 나오고 진화도 따라 마루로 내려섰다. 마루 끝에 걸터앉아 구두를 신는 관우의 귀 가까이 입을 대고

"관세음브살이 어디 계시죠? 저도 봤으면 ……."

구두끈을 매고 일어서는 관우는 나직한 소리로

"거울을 보십시오."

한마디 하고 뜰로 내려섰다.

"거울이라니요?"

하고 관우를 따라 마당으로 내려서던 진화는 한 편으로 나동그라졌다. 젖은 축대가 미끄러웠기 때문이다. 간발을 넣지 않고 관우가 진화의 어깨를 안아 일으켰으나 진화는 일어서지 못하였다. 넘어지면서 한쪽 발목을 모질게 삔 때문이다. 뒤따라 나오던 어머니가 질겁해서

"애가 발을 삐었구나."

하며 진화의 팔을 잡아당겼다.

"놓으세요, 놓아 주세요."

진화는 한 손으로 오른편 발목을 붙들고 어쩔 줄 모른다.

"선생님 어려우시지만 저 애 좀 안아다 방으로 들여다 주세요."

관우는 진화의 어깨 아래로 팔을 넣고 다른 한 팔로 진화의 두 다리를 어린 아이처럼 안았다.

부르르 몸서리가 치도록 즐거운 순간이다.

관우는 진화의 머리에서 풍기는 향긋한 향기를 깊이 들이마셨다. 여인의 체취 아니 관세음의 체취란 이런 것인지도 모른다.

축대로 올라설 때 진화는 관우의 무거움을 덜어 줄 양으로 한 팔로 관우의 목을 안고 지그시 얼굴을 관우의 가슴에 묻었다.

바르르 진화의 입술이 떨리는 것은 다친 발목이 아픈 까닭만은 아니었다.

어머니가 찬물로 진화의 발목을 주물렀으나 발목은 금시로 퉁퉁 부어올랐다. 어머니가 담배에 엿을 녹이는 동안

"제가 좀 주물러 드릴까요?"

하고 관우는 놋대야 속에 들어 있는 진화의 뽀얀 발을 가만히 쥐었다.

"시원합니다 선생님. 가만히 그렇게 주물러 주세요."

비스듬히 벽에 기댄 진화는 가늘게 눈을 뜨고 이마를 찌푸리며 웃는다. 어머니가 엿에 녹인 담배를 진화의 발목에 싸매었다.

"민 선생님 가시지 마세요 네? 얘기 좀 해주세요. 저 이렇게 다친 것 위문해 주셔야지요 호호호."

하얀 미간을 찌푸리며 웃는 진화의 얼굴은 관우의 가슴에 저리도록 애틋하게 보였다.

"그럼 좀 놀다 가겠습니다."

관우는 피식 웃고

"얘기나 하나 할까요?"

"네, 얘기 들려주세요. 옛날 옛적 얘기도 좋고요 ……."

"약간 그로테스크한 얘긴데 …… 괜찮다면 ……."

"그로테스크한 것 좋아요. 비 오시는 밤이니까 더욱."

관우는 방긋 웃고 입을 다물었다. 입이 닫히는 것과 함께 그의 얼굴에 뜬 웃음도 사라졌다.

관우의 얼굴에서는 차라리 처참하리만큼 엄숙한 기분이 떠돌기 시작한다.

"저 어떤 사람이, 저 친구였습니다. 그가 꿈을 꾸었대요. 남의 꿈 이야기란 싱겁습니다만 약간 심상치 않은 꿈이기에."

"네, 들려주세요."

길게 열리는 진화의 눈은 호기심으로 팽팽해진다.

"꿈에 어느 산 변두리를 갔더라나요."

"그래서요?"

"꽃이 우거지게 피었는데 그게 진달래였더라구요. 그래 그 사람이 진달래꽃을 좀 꺾어 볼 마음이 생겼더라나요."

"그래서요."

"그래 꽃 덤불 가까이 들어섰더니 꽃그늘 아래 멍석 둘레만큼 꽃 이파리들이 흩어져 있더래요. 그래 무심코 꽃가지에 손을 댔더니 그 멍석같은 꽃 이파리들이 꿈틀꿈틀 하면서 커다란 붉은 뱀의 몸뚱이가 되더라나요."

"아이 징그러."

"조금도 징그럽지가 않더래요."

"어쩌면, 그래서요."

"그래서 진달래꽃 빛깔의 뱀을 보고 섰노라니 그 뱀은 대강이를 휘두르며 꽃 덤불로 올라가서 칭칭 감기더라나요."

"아이 무서."

"조금도 무섭지가 않더래요. 꽃 덤불 속에 감겨 있는 뱀을 보고 있으려니까 뱀이 혀를 날름거리며 눈을 반짝반짝하고 고개를 이쪽으로 쑥 내밀더래요."

"어머나 징그러."

진화는 어깨를 흠칫하고 관우 쪽으로 몸을 가눈다.

"이상한 일은 뱀의 눈은 일순간에 사람의 눈이 되어 버리고 뱀의 입은 어여쁜 소녀의 입술이 되어 버리고 그러는 동안에 자세히 보니 예쁘디예쁜 소녀가 꽃가지에 손을 얹고 청년을 바라보고 방긋이 웃더라나요."

"어쩌면."

진화의 눈이 커다랗게 열렸다.

"소녀의 얼굴은 그가 평소에 신앙하는 관세음보살의 모습 그대로였더랍니다 ……."

관우는 잠깐 말을 마치고

"그날부터 그 청년은 꿈에 본 처녀를 만나고 싶어 일각도 가만히 있을 수 없었더래요.

"어쩌면 …… 그렇게 로맨틱한 분도 계실까?"

관우는 파랗게 질린 얼굴에 애써 미소를 띠우고

"아침 세수 시간에 샘터에서 우연히도 꿈에 본 처녀와 꼭 같은 얼굴의 소녀가 손을 씻으러 나왔더라나요?"

진화는 무엇을 생각하는지 말똥말똥 천장을 쳐다보는데

"청년은 그날 이후 다시 그 소녀를 만나지 못했더래요."

관우가 커다란 한숨과 함께 이야기를 마쳤다.

"신기한 꿈도 있지."

어머니가 중얼거리고 무엇인지 가지러 건넌방으로 갔다.

"그 청년은 통도사 중이었지요?"

진화가 나직한 소리로 물었다.

"그리고 그 소녀는 통도사로 초파일 구경을 갔더랬지요."

"보살님처럼 영특하시군요."

"저도 그날 아침 민 선생님을 보았어요. 항상 그리웠어요."

진화가 저릿한 발목의 아픔을 견디고 관우의 곁으로 바싹 다가앉아 그의 어깨 위에 지그시 고개를 실었다.

제3회

그것은 잘 익은 복숭아 향기였다. 관우는 진화의 채취가 호흡과 함께 전신의 혈관 속으로 배어드는 것을 느끼면서 한 손으로 가만히 자기의 가슴을 눌렀다.

후들후들 떨리는 손으로 한참을 가슴을 누르고 있다가 드디어 두 손을 한데 모아 쥐었다.

관우의 손은 그의 무릎 위에서 합장되고 그리고 입으로는 무슨 말인지 부지런히 중얼거린다.

"관세음보살 관세음보살 해안고절처 보타낙가산 정법명왕 성관자재 소복화관 원용여질 순염주홍 미만초월."

참으로 오랫동안 잊었던 관음경이었다. 이윽고 관우는 입을 다물고 진화 쪽으로 눈을 돌리며

"진화 씨도 나를 만나고 싶었던가요?"

"지중한 …… 지중한 전세부터의 인연이올시다."

관우는 한숨을 쉬고 손바닥으로 진화의 삔 발목을 살며시 덮어 본다.

"선생님 괴로우시지만 저 벽장문을 좀 열어 주세요. 저 속에 선생님께 보여드릴 게 있어요."

관우는 진화가 가리키는 벽장을 열었다. 영창문 한 짝 넓이의 삼분의

이는 확실히 될 상 싶은 판자 같은 것이 있고 그 위를 하얀 헝겊으로 덮어 놓은 것밖에 다른 것은 없다.

"이거 말입니까?"

관우는 의심스럽게 물었다.

"네 그거야요. 그걸 좀 이리 꺼내 주세요."

관우는 두 손으로 판자 같기도 하고 장지문 같기도 한 것을 집어 들었다. 허잘 것 없이 가벼운 것이다.

진화는 관우의 손에서 판자를 받자 한편 벽에다 비스듬히 세우고 하얀 헝겊을 벗겨 버린다. 순간

'?'

관우의 눈이 커다랗게 열렸다. 판자는 그림이었다. 수채화다.

화면 전체가 으스름 달 밤처럼 뿌연 빛깔 속에 잠겨 있다. 그것은 또 안개 같기도 하고 엷은 구름 같기도 한 반투시 속에 나타나는 영상이었다.

화면을 차지한 젊은 사나이, 그는 머리를 삭발한 중이다. 바윗돌에 걸터앉아 합장하고 있다.

허공을 향하여 감은 듯이 떠 있는 두 눈은 놀라움과 환희와 그리고 끝없는 동경에 잠겨 있다. 웃음을 짓는지 이야기를 하는지 도톰한 입술이 반만치 열려 있고 방금 체온이 느껴질 듯한 두 손을 모았다. 손바닥이 환히 보이도록 얼된 합장이다.

중은 옥색빛 고의적삼을 입었다. 엷은 보랏빛 구름이 어깨와 다리를 휘감고 머리에는 아련히 후광이 비치고 있다. 아무것도 신지 않는 중의 맨발이 바위틈에서 흘러나오는 맑은 물에 잠긴 채 살찌고 깨끗한 발등과 발가락들이 물속에서 아른거린다. 다른 한 발은 바위 아래 피어 있

는 민들레 두 송이에 발가락 셋이 가리어지고. 관우는 마른 침을 몇 번이나 삼키고 나서

"아름다운 중인데요."

신음하듯 부르짖었다. 진화는 즐거워

"어때요? 맘에 드세요?"

관우는 못 알아듣겠다는 듯이 고개를 기울이는 것이나 그의 얼굴은 화끈 붉어졌다.

"그림의 모델이 되어 주신 당신의 감상을 묻는 거야요."

진화가 웃지 않고 관우의 얼굴을 쏘아 본다. 관우의 붉어졌던 뺨은 혈색이 물러가고 파랗게 질려 온다 생각하면서 진화는 가늘게 한숨을 쉬고

"민 선생님을 그린 거야요. 어때요? 닮았어요?"

"내가 어디 이렇게 잘 생겼나요, 뭐?"

관우는 수줍게 웃을 뿐 그림에서 눈을 떼지 않는다. 진화는 고개를 살랑살랑 흔들고

"아니야요. 내 맘먹은 백분의 일도 못 돼요. 당신의 아름다움의 열의 하나도 못 그렸어요 …… 사 년간 벼르고 별러서 착상한 것이 겨우 요렇게 밖엔 되지 못했어요. 그래도 이것이 작년 가을부터 시작해서 그린 거야요."

"……."

"선생님 얘기를 듣고 나서 이 그림의 배경이 생겨났어요. 내 일간 꼭 배경을 넣을 테니까요 보아주세요."

하고 진화는 관우의 어깨에 또다시 얼굴을 실어 본다. 관우는 혼잣말

같이

"기어코 만나 봤습니다. 죽어도 지금 이 자리에서 죽어도 한이 없습니다."

하고 급한 호흡을 늦추려는 듯이 진화에게서 약간 떨어져 앉는다.

진화의 어머니는 혼곤히 깊은 잠이 들어 있다.

"싫어요."

진화는 아픈 다리를 뻗은 채 관우에게로 다가앉으며

"저는 도를 닦는 관우 씨는 아냐요. 나는 보는 대로 보고 느끼는 대로 그림에 옮기는 재주밖엔 없어요 …… 나는 지금 내 마음을 붓으로 그리는 대신 이렇게 그리겠어요 …… 관우 씨!"

진화는 가만히 관우의 뺨에 자신의 얼굴을 대어 본다. 관우는 지그시 눈을 감았다. 그리고 마음속으로

'관세음보살.'

하고 불렀다. 그리고 속으로

'지금 내 눈앞에 현현하신 관세음보살님! 당신은 나에게 무엇을 요구하십니까?'

관우는 오직 경건한 마음, 존경을 드리는 마음, 합장한 채 기뻐하는 마음, 이러한 마음을 바쳐야 할 것이거늘 관세음은 가니 진화는 지금 자기에게 무엇을 요구하고 있는가.

한 발 내딛으면 만길 나락이다. 드디어 진화의 입술이 관우의 입술을 스쳐 갔다.

관우는 눈을 떴다. 천인단애[9]에서 두 팔을 벌리고 내려 뛰는 찰나를 체득한 듯 그는 두 팔을 벌리었다. 그리고 진화를 안았다.

"진화 씨! 내 생명을 받아 주세요."

관우는 생명이란 한마디 속에 그의 전세와 현세와 그리고 내세의 일체 행복을 포함시키고 있다.

관우는 진화의 사랑 앞에 일체의 행복을 송두리째 바치기로 결정한 것이다. 진화를 위하여는 극락으로 열반하는 최종적 행복까지도 버린다는 의미다. 그리고 지옥의 업화 속에 즐거이 몸을 던진다는 뜻이다.

주린 곰에게 발가벗은 몸을 주어 공양한 옛날의 성자처럼 관우는 지금 자기 일체를 진화의 정열 앞에 제물로 공양하는 심경에 들어선 것이다.

"진화 씨! 나를 소유하세요. 아니 나를 말살하세요. 나는 당신의 명령이라면 즐겨 축생[10]으로 떨어져도 만족합니다."

관우의 얼굴은 달빛처럼 파래졌다. 진화는 고개를 흔들고

"관우 씨! 내가 이 진화가 무서워요? 내가 당신을 말살해요? 소유해요?"

관우는 잠자코 고개를 끄덕이고 나서

"내 생명, 내 생명을 받아 주세요, 진화 씨!"

관우의 푸른 눈썹이 좀 더 어두워진다 생각하는데 관우는 왈칵 진화의 가슴을 부둥켜안았다.

바스러지는 힘찬 포옹이다. 점점 더 가까이 점점 더 힘 있게, 관우는 진화를 포옹하고 그의 입술을 빨았다.

할딱할딱 가쁜 숨과 함께 진화는 관우의 입술을 지그시 깨물었다.

시간이 얼마나 갔던지 그들의 입술과 입술은 모세관이 열렸다. 빨간

---

9   千仞斷崖. 천 길이나 되는 깎아지른 듯한 낭떠러지.
10   畜生. 1. 사람이 기르는 온갖 짐승. 2. 사람답지 못한 짓을 하는 사람을 낮잡아 이르는 말.

피가 서로의 혓바닥으로 옮아갔다.

그리고 피는 서로의 목구멍으로 넘어갔다. 짭짤하고 배리배리한 피의 미각은 또한 고소하고 달콤하기까지 하지 않는가.

서로의 팔이 서로의 가슴을 안은 채 그들은 둥실 지상을 떠났다. 연지 빛 구름 속으로 어쩌면 극락에 있는 산호탑 속으로 들어가 승로반[11]에 담긴 복숭아를 빨아 먹고 있는지도 모른다.

달밤에만 솔잎에 머무는 이슬을 따서 죽순 열매로 빚었다는 신선의 술 맛이란 이런 것인지도 모른다.

닭이 홰에서 나래를 친다. 영창에는 파르스름 새벽이 물들어 온다. 희한하게도 그들은 생리적으로 동정[12]이었다.

거의 뜬눈으로 밤을 밝히고 관우가 학교로 갔을 따 학교 운동장에는 소란한 광경이 벌어지고 있다.

밴드 소리가 들리는가 하면 만국 깃발이 펄펄 바람에 나부끼고.

'참 오늘이 학교 운동회다.'

관우는 입속으로 중얼거리고 학교 사무실로 들어섰다.

"민 선생님 우두커니 섰지만 말고 당신 반 아이들 좀 돌봐 주시오. 저렇게 떠들고 있지 않소."

교감이 관우에게 이렇게 주의를 시킬 때 비로소 관우는 제정신으로 돌아왔다.

눈앞에 나타나는 진화의 얼굴, 귀에 들리는 진화의 말소리, 그리고 향긋한 진화의 체취가 방금 취각을 스쳐 가는 이 즐거움의 환희 속으로

11 承露盤. 하늘에서 내리는 장생불사의 감로수를 받아먹기 위하여 만들었다는 쟁반.
12 童貞. 이성과 한 번도 성교(性交)를 하지 아니하고 그대로 지키고 있는 순결. 또는 그런 사람.

관우는 자꾸만 빠져 들어가는 것이다.

먼 세상의 일같이 운동회는 관우에게 무의미하게 끝났다. 운동회가 끝나자마자 관우는 하숙으로 달려갔다.

이제 곧 세수를 하고 머리를 빗질하고 그리고 진화에게로 가야 한다. 그러나 관우가 세수하고 난 대야를 울바자[13]에 쏟을 때다. 물은 찌르르 거슬러 포말들이 관우의 정강이를 스쳐 간다. 회오리바람이 쌩하고 불어 간 때문이리라. 하숙집 노파가 들어다 주는 밥상을 받아 막 세 숟가락 채 뜨는데 관우는 갑자기 전신에 찬물을 끼얹은 듯한 오한을 느끼었다.

사지가 노곤해지면서 눈앞이 아슬아슬해 온다. 잠시만 삼십 분만 누웠다 가리라 생각하고 이불을 펴지 않고 방바닥에 누워 보았다. 그러나 반시간 후에 관우는 이불과 요를 자기 손으로 펼 수는 없었다. 안방에서 노파가 와야 했다. 밤새도록 관우는 정신을 잃고 앓았다.

"몸치[14]가 났나 봅니다, 선생님. 한약이나 다려 잡술까요?"
하고 노파가 방문 밖에서 말을 하였으나 관우는 대답할 기력도 없다.

사흘 만에야 정신이 돌아왔다. 거울에 비친 자기 얼굴의 광대뼈가 멋없이 드러난 것이 진화에게 미안하다 생각하면서 그는 학교로 가지 않고 진화의 집으로 갔다.

후들후들 아랫도리가 떨리는 것은 사흘 몸살에 기운이 빠진 탓만은 아니다. 이제 곧 자기 눈앞에 나타날 진화의 모습을 생각하자 관우의 다리는 떨려 오고 두 귓속에서 잉하고 매미가 울고 눈앞이 아찔아찔 현기까지 나는 것이다.

---

13 울타리에 쓰는 바자.
14 '몸살(몸이 몹시 피로하여 일어나는 병)'의 방언(경상, 전남).

진화는 관우의 기척을 듣고 방긋이 안방에서 영창을 열어젖힌다. 발목은 그새 거의 다 나았다는 인사는 진화의 어머니의 대답이다. 방으로 들어서는 관우는 주춤 한 자리에 서 버렸다.

요 전날 보던 그림에 배경이 생겨났다. 연옥색 고의적삼을 입고 합장하고 앉아 있는 젊은 중의 이마며 머리 위로 바람에 쫓긴 화판이 여기저기 나비처럼 날아 있고 화판이 날라 온 쪽에는 이름 모를 고목이 가지가 휘어져 멀리 중의 머리를 천장처럼 떠받았는데 나무 둥치를 한 바퀴 감고 큰 뱀이 중의 몸을 틀어 감았다.

뱀의 상체가 중의 가슴에 합장하고 있는 손바닥을 지나 오른편 겨드랑이를 빠져 왼편 귀밑으로 나와 빨간 주둥이를 중의 턱 아래에 바싹 들이댔다.

뱀의 몸은 흑칠같이 완전히 검고 번쩍번쩍 윤이 나는데 뱀의 상체는 중의 몸에 그 하체가 숨은 곳은 불꽃이 활활 타오르는 듯이 풍성하게 피어 있는 진달래 덤불이다.

젊은 중은 가슴에 안긴 뱀을 쥐고 꿈을 보는 듯 도취되어 있지 않는가.

"하."

관우는 길게 탄식하면서 언제까지나 그 그림에서 는을 떼지 못한다.

"아, 아니."

관우는 가늘게 부르짖었다. 뱀의 주둥이 끝에는 긁은 바늘 같은 두 개의 혓바닥이 가위처럼 날름거리는 것이 보인 때문이다.

어찌 보면 뱀은 살아서 방금 진달래 덤불 속에서 나무 둥치를 감고 그리고 중의 가슴팍을 휘감아 턱 아래로 들어가고 있는지도 모른다.

관우는 저녁을 먹으라고 붙드는 진화의 말대로 이 저녁도 진화의 집에서 늦도록 아니 새벽이 올 때까지 포옹하고 있었다. 그러나 희한하게도 그들은 포옹 외에는 아무것도 없었다. 생리적으로 그들은 여전히 동정이었다.

관우는 다시 진화의 집으로 오지 않았다. 사흘이 지나고 닷새가 지나도 관우는 나타나지 않았다. 동생 진동식에게 쪽지를 적어 보냈으나 쪽지를 가지고 가던 그날부터 관우는 학교에도 결석하였다.

관우는 두 번째 진화의 그림을 보던 날 그리고 두 번째 포옹하던 밤, 그의 운명은 야릇한 바퀴에 끌려가고 있는 것을 깨달았으나 관우는 또 어찌할 수도 없는 일이었다.

그날 밤 자기 가슴을 안은 진화의 팔은 뱀의 몸뚱이였다. 진화가 빨간 입술로 자기 입술에 대는 것은 뱀의 찢어진 혓바닥이었다. 이상한 일은 조금도 무섭거나 징그럽지가 않아 꿈에 본 뱀 그대로 오직 신비스럽고 정답기만 하다.

하숙에 돌아가서도 학교에서도 앉으나 걸으나 관우의 몸에는 진화의 팔의 감각이 남아 있을 뿐이었다. 그것은 어디까지나 칭칭 감기는 뱀의 정다움이었다.

뱀은 자기의 가슴에 착 달라붙어 그 예리한 혓바닥으로 자기의 입술에서 선혈을 빨아내고 있지 않는가. 전설에 나오는 이야기의 주인공 같은 자신의 심경에서 구태여 벗어나고도 싶지 않은 관우였다.

어느 밤 관우는 소스라쳐 잠에서 깨어났다. 자기의 몸에 돌고 있는 피가 목구멍으로 빨리어 나가는 것 같은 환각을 본 때문이다. 굵은 고무 펌프 같은 것이 자기의 목줄띠에서 빨간 피를 뽑아 올리고 있는 것은 일시적 착각이요 자세히 보니 굵다란 뱀이 자기의 목에서 피를 빨고 있는 것이다.

관우는 빙긋이 웃으며

"맛있게 먹어, 맛있게 ……."

손으로 뱀을 쓰다듬어 주려는데 목구멍에서 울컥하고 솟구쳐 나오는 것이 있다. 미처 자리에서 일어나지 못한 채 방바닥에 토해졌다. 울컥 울컥 몇 번이고 토하고 나니 속이 시원하였다.

관우는 그대로 혼곤히 잠이 들었던 것이다. 아침 밥상을 들고 들어온 노파가

"어머나 이게 뭐야? 웬 피가 이렇게 쏟아졌어 …….'

황급해서 부르짖는 노파의 소리에 눈을 번쩍 떠보니 관우는 전신이 땀에 배어 있고 자기 요와 베개가 피투성이가 되어 있지 않는가. 피를 보자 관우는 전신이 뜨거워졌다. 그와 같은 시각에 불로 지지는 듯한 말초신경의 흥분도 감각했다.

관우는 눈에서 퍼런 불이 지나가고 그리고 짐승처럼 신음하면서 하루를 지냈다. 저녁때 노파가 불러온 의사는

"폐결핵 때문에 생긴 각혈이니 안정, 영양, 치료 세 가지에 유의하십시오."

하고 폐병에 대해서 대강 설명을 하고 돌아갔다.

관우는 자신이 진화의 정열의 제단에 희생으로 지금 생명이 줄어들고 있다고 생각하였다. 그러나 관우는 이것이 오히려 그의 본의인 듯 마음이 편안하였다. 단지 진화의 무릎을 베고 그의 향기로운 옷 냄새를 맡으며 진실로 달게 잠이 들어 버릴 수 있다면 …… 관우의 최대 최후의 소망이다.

그러나 관우는 진화를 만날 수 없는 것이 슬프다. 자신이 진화의 집으로 가기 전에는 진화는 자기의 하숙을 모르는 것이 아닐까?

진화를 보지 못한 닷새가 흘러갔다. 실로 꿈같은 일이다. 현실에서 이렇게 억울하고 엄청난 슬픔이 또 있을 수 있을까.

관우는 가위에 눌린 것처럼 천장만 노려보고 누워 있다. 갑자기 어디서 부르는 소리가 들려온다.

바람 소리와 같으나 바람은 아니다.

"민 선생님 계세요?"

"오오 ······."

관우는 대답하기 전에 눈물부터 먼저 쏟아졌다.

"민 선생님!"

하고 문을 여는 사람의 얼굴이 방안으로 들어설 때 그의 머리에 칠색의 무지개가 둘린 것같이 보인 것은 눈물이 관우의 동공을 싼 때문이다.

"웬일이세요?"

진화는 두 손으로 관우의 머리를 안아 자기의 무릎 위에 올려놓았다.

"당신이 보고 싶어서 병이 났나 봐요."

관우는 어린애같이 웃고 진화의 눈을 쳐다본다.

"그럼 왜 오시지 않았어요? 얼마나 기다렸다고 ······."

"나는 늘 당신과 같이 지낸답니다. 밤이나 낮이나."

"그럼 보고 싶지도 않겠구먼요?"

"왜요? 다른 한 개의 진화 씨도 완전히 같이 있어야지요."

"네, 내가 둘인가요? 뭐."

하고 진화가 웃으니

"네 둘이야요. 어떤 때는 셋도 되고."

진화는 관우의 머리를 만져 보았으나 따뜻하기만 하고 높은 열은 없다.

"이제 며칠 더 조리하시면 나실 거야요. 바깥은 얼마나 화창하다고."

진화가 몸을 굽히고 관우의 입에 입술을 댔다. 순간 관우는 자신의 목구멍으로 피가 뽑혀 올라오는 것을 느끼었다. 그러나 그는 진화의 입술을 떠밀어낼 마음은 조금도 없다. 진화가 입술을 빠는 대로 관우는 지그시 눈을 감았다.

울컥울컥 관우의 목구멍은 열리었다. 선지피가 주르르 입 밖으로 흘러나와 뺨을 적시고 귀밑으로 내려간다.

진화는 얼른 고개를 치켜들었으나 진화의 입술은 물론 코와 뺨에 피가 묻고 모시 다듬은 치마 위에 손바닥 넓이로 피가 흘러 버렸다. 옥양목 속치마에도 피는 젖어 들었다. 해가 져서 어두운 뒤에야 진화는 치마를 앞으로 여미고 집으로 돌아갔다.

이튿날 진화는 읍내 의사를 데리고 왔다. 그리고 즉시 읍내 병원으로 입원을 시켰다. 내과의사인 원장은 관우를 요양소에 보낼 것을 의논한다. 그때는 요양소는 황해도 해주란 곳에만 있는 때였다.

"다시는 그런 말을 하면 나는 이 병원에서 나가 버릴 테니!"

이러한 관우의 위협을 듣고 의사나 진화는 한숨만 쉬었다. 그러나 원장의 솜씨가 용해서 그러함인지 관우의 말과 같이 자기의 의지의 힘이 강했던 까닭인지 읍내 병원에서 치료한 지 사십 일 만에 관우는 희한하게도 병석에서 일어났다.

진화가 사흘에 한 번 이틀에 한 번씩 다니러 올 때마다 관우의 영양품, 주사약, 보혈제 그리고 병원료를 감축 없이 묻어 놓은 까닭에 관우는 그저 모자만 들고 나오면 되었다.

병원 문 한 겹 너머에는 화려한 계절이 펼쳐 있었다. 그가 사십 일을 앓는 동안 여름이 온 것이다.

푸른 잎사귀가 보내는 박력은 붉은 꽃보다 훨씬 심각한 것이었다. 녹음은 남성적이요 지구적[15]이다. 여름은 또한 엄청난 방탕성이 있어 그의 전 재산을 아낌없이 쏟아 놓는다. 산과 들이 푸름 속에 잠기우고 태양은 그 푸름에 반사되어 황금빛으로 혹은 백색으로 바다와 들판에 억만 개의 화살을 뿌린다. 천둥이 울고 소나기가 퍼붓는 것은 또한 여름의 격정이기도 하고 또 어떻게 보면 그의 호탕한 몸부림이기도 하다.

관우는 어릴 때부터 여름을 사랑하는 습성을 가졌다. 관우는 항상 그늘에서 자란 듯 추워 보이는 그의 생리가 여름철에만 활짝 활개를 펼 수 있기 때문인지도 모른다.

어쨌든 관우는 봄철에서 연애를 느끼는 대신 여름철이 오면 그는 항시 어머니 아버지의 품에 안기는 듯한 즐거움을 맛보는 것이다.

의사의 권고도 있고 관우는 학교에 가지는 않았다. 거기서 한 이십 리 되는 구절사로 갔다.

교군[16]에 실린 채 산굽이로 돌아드는 관우의 피부 속으로 여름의 향기가 쏴 하고 젖어 들었다.

산이 다가오는 대로 관우의 찢어졌던 폐장 위로 은총의 손이 고맙게 쓰다듬어 가는 듯 산은 관우를 의젓이 그의 품에 안아 준다. 돌돌돌 굴러가는 돌 틈의 물도 머리 위로 푸드덕 나는 새도 그리고 무진 무성한

---

15 持久. 오랫동안 버티어 견딤.
16 가마.

녹음의 향기, 모두 노래가 되고 색채가 되어 관우의 더리로 어깨로 가슴으로 스며든다.

구절사에는 묘운이 와서 붙어 있는 곳이다. 암자를 연상시킬 만큼 자그마한 절이다.

××산을 아늑히 안고 멀리 남강이 허리띠같이 굽어 볼 수 있는 경치는 관우의 마음에 들었다. 묘운은 혜남이었던 관우가 이다지도 수척해진 꼴을 보자 목을 안고 울었다. 진화가 샘터로 나간 뒤

"저 여자는?"

하고 묘운은 눈살을 찌푸리고 물었다.

"왜?"

관우는 엄숙한 눈으로 묘운을 바라보았다.

"멀리 하게. 복 있는 여자는 아닐세."

"자넨 그새 관상에 도가 통했나?"

관우는 조롱스럽게 묻고 치밀어 오르는 분노를 감추려고 고개를 돌렸다.

"그 눈하며 그 입하며 사람 다치겠어."

묘운은 기어이 하고 싶은 말을 계속한다.

"요기(妖氣)[17]가 떠도는 얼굴이야. 첫째 그 몸을 보란 말이야. 목이 길고 머리가 작고 어깨가 좁고 하체가 통통한 게 ……."

묘운은 목소리를 죽여

"사체(蛇體)[18]로 생겼다는 것을 알아야 해. 눈은 여우 눈이고."

---

17 요사스러운 기운.
18 뱀의 몸.

"닥쳐."

관우는 더 견딜 수 없다는 듯이 소리를 질렀다.

"두고 보란 말야. 내 말이 생각날 때가 있을 테니 ……."

진화가 샘터에서 돌아왔다.

"무슨 불쾌한 이야기가 있었어요?"

진화는 근심스럽게 주위를 둘러본다. 한참 진화를 노려보던 묘운이

"여기는 여인 금제의 나라올시다. 해가 지기 전에 돌아가심이 좋겠습니다."

하고 자리에서 일어선다.

"나는 오늘은 못 가요. 타고 나갈 것이 있어야죠."

하고 진화가 웃었다.

"묘운의 농담입니다. 괘념할 것 없어요."

관우가 아무렇지 않은 듯이 말했으나 진화는 묘운이 자기를 좋다 하지 않는 것만은 눈치 챘다.

해가 너울너울 산 끝에 걸리는데 묘운은 아랫마을로 내려갔다.

잎사귀들 위에 금가루 같은 석조가 은빛 물결로 변하고 잎사귀 아래 엎드려 있는 가지와 둥치들은 음영이 짙어 온다. 법당에서 목탁을 치는 소리를 들으며 관우는 혼곤히 잠이 들고 진화는 마당으로 내려왔다.

해가 아주 넘어갔다. 나무들은 엷은 묵화로 변하고 어둠이 짙어 오는 대로 나뭇가지들은 뱀같이 이리 저리 서리고 나무 둥치들은 알지 못하는 짐승의 눈을 하고 입을 하고 코를 하고. 나무들의 표정은 자꾸만 심각해 온다. 뱀처럼 서리고 있는 나뭇가지가 이제 곧 스르르 땅으로 내려오고 그리고 그 뱀은 지금 곧 진화 자신의 다리를 감고 허리에 기어오

를 것도 같다.

진화는 일순간 으쓱하고 무서움이 등어리를 스쳐 갔다. 그와 꼭 같은 시간에 관우와 포옹하던 달디 단 황홀감이 진화의 증추세포에서 살아난다.

진화는 방으로 뛰어 들어갔다. 그는 잠든 관우의 목을 틀어 안았다. 잠이 깬 관우도 으스러지게 진화를 포옹했다.

그러나 포옹 이외에 그들은 아무 다른 것을 생각할 수는 없었다. 정열의 도가니 속에서 작열된 관우나 진화에게는 성욕적인 저급한 감정이 용납되지 않기 때문이다.

"교군이 왔습니다."

문 밖에서 묘운이 소리를 친다.

"지금 곧 타십시오. 아주 잘 모실 실팍한 교군들이옵니다. 늦어도 두 시간 안에 솟골까지 당도할 것이옵니다."

진화는 잠자코 절간 문을 나왔다. 가마로 들어가며

"사흘에 한 번씩 오겠어요."

하고 관우에게 소곤거렸다. 과연 두 시간 만에 진화는 자기 집 대문 앞에서 가마에서 내렸다.

집에는 환히 불이 켜 있고 사랑에서는 오래간만에 아버지와 손님이 술상을 가운데 놓고 도란도란 이야기를 주고받는다. 서울에 계시던 아버지가 석 달 만에 집에 돌아오신 것이다.

이튿날 아침 진화가 잠이 깨었을 때 그리고 그가 서수하러 뜰로 내려왔을 때 마당에 있는 빨래 줄이란 줄에는 광목이며 삼정이며 본목[19]이 숱하게 널려 있었다.

여인들이 일변 짜고 일변 널고.

"헤헤헤 색시, 봉채[20] 억세게 받았네요. 부잣집 봉채라 다르긴 달라요. 잔칫날에는 이가 쑥 둘러빠지도록 콩나물을 묵을라캉이."

"아니 누구의 봉채란 말이요?"

"얼씨구 나이든 색시라 웃시게는 곧잘 한다캉이."

"아니 여보소 농담을 누가 합니까?"

진화는 짜증을 냈다.

"너 일어났니?"

어머니가 딸을 안방으로 불러들인다. 한참 만에 마당에서 광목을 널던 여인들의 눈이 둥그레졌다. 방안에서

"아니 그래 노랑 수염에게 날 팔았어요?"

비단을 찢는 듯한 진화의 목소리가 들린 때문이다.

---

19 다른 섬유가 섞이지 않은 순수한 무명.
20 '봉치(혼인 전에 신랑 집에서 신부 집으로 채단(采緞)과 예장(禮狀)을 보내는 일)'의 원말.

제4회

　진화가 읍내 병원에 입원하고 있는 관우를 보러 가서 여관에서 이틀을 묵고 거기서 묘운이와 함께 관우를 데리고 구절사로 가고 모두 사흘을 집을 비웠다.

　진화가 집을 비운 그 사흘 동안에 진화의 납채[21]가 온 것이다. 사랑방에서 밤늦도록 아버지와 술상을 가운데 놓고 도란도란 이야기하는 손님은 키가 나지막한 사십이 넘은 중늙은이였다. 코 아래 여덟팔자로 뻗친 수염이 숫제 노랑 물을 들인 듯 부자연스럽게 노랗다.

　수염뿐만 아니라 얼굴 전체가 노랑 참외처럼 노랑 물이 조르르 흐르는가 하면 머리카락도 노르스름한데 정말 노랑 물만 먹고 산다는 전설의 노랑 망아지같이도 생각이 되었다.

　그뿐만 아니다. 언젠가 진화가 우물에서 세수를 하고 일어설 때다. 사랑손님은 아침 산보를 가는지 두 팔로 딱 뒷짐을 지고 어슬렁어슬렁 대문을 걸어 나가는 몰골이 당나귀 마부 같기도 하고 읍에서 가죽신 깁는 난쟁이 오 서방 같기도 하여 진화는 속으로 조금도 존경할 마음이 생겨나지 않았다.

21　신랑 집에서 신부 집에 혼인을 구함. 또는 그 의례.

허다한 사람 중에 하필 그 노랑 수염쟁이 늙은 홀아비에게 진화의 약혼이 성립되었다는 사실에 진화는 몸을 떨고 이를 갈았다.

"돈이 많으면 어쨌단 말에요? 숫제 내 몸에서 고기를 베어 내다가 소고기라고 팔든지 돼지고기라고 팔든지 해서 돈과 바꾸세요."

하고 진화가 발악을 했다. 이 소리는 물론 사랑에 있는 아버지에게나 손님의 귀에까지도 똑똑히 들렸다.

아버지는 입맛을 다시고 일어나 안으로 들어왔다.

"애, 화야."

아버지의 음성은 언제나 같이 점잖고 부드럽다. 그는 보기 좋게 돋아난 구리수염을 한 손으로 쓱 문지르며 딸을 불렀다.

"애, 이 아비의 말을 들어 보아라."

진화는 벽으로 싹 돌아앉으며

"안 들겠어요. 아버지 어머니가 그렇게 무정하실 줄은 몰랐어요."

진화의 음성은 울음으로 변하였다. 진화는 코를 풀면서

"숫제 기생에나 파시지."

"애, 화야. 네가 이 집을 잡혔더구나."

"……."

진화는 속으로 뜨끔하지 않을 수 없다. 관우를 살리자면 돈이 필요했고 돈을 얻기 위해서 집을 잡혔던 것이다. 아버지와 거래가 있는 장터에 사는 김선달네 아저씨에게 집을 잡힌다 하고 돈 이백 원(천 냥)을 갖다 쓴 것이다.

"아비가 돌아와서 팔든지 할 집인데 네가 미리 그 집을 잡힌 것은 가을 학기에 다시 동경을 떠나려고 한 노릇이겠지만 집안 형편이 네 공부를 계속시킬 수 없게끔 되었다. 아비가 못난 탓이겠지만 운수가 막히는 걸 어떡하니? 회사의 적자는 기어이 회사 문을 닫게 만들었고 …… 저 사랑방에 와서 있는 사람이 앞으로 회사 일체를 맡아 경영하기로 됐다. 나의 체면을 세워 나를 사장으로 만들고 자기는 전무로 오겠다니 얼마나 고마운 일이냐."

진화 아버지는 조끼 주머니에서 아사히를 한 개 꺼내 불을 붙이고

"하도 운이 막히기에 친구의 권하는 대로 사주를 보지 않았겠니. 봤더니 사월이면 귀인이 와서 나를 돕는다더니 저 사람이 나타났단 말이야. 그리고 식구들의 사주를 보는데 너를 가지고 무어라고 하는지 아니?"

아버지는 목소리를 낮추어 가지고

"상처한 사람에게 주어야만 된다는 거야. 그렇지 않고 만약 총각과 혼인을 한다면 생리사별[22]이라니 그런 몸서리칠 일이 어딨니?"

아버지는 연방 담배 연기를 콧구멍으로 풀썩풀썩 내면서

"마침 저 양반이 말이다 재작년에 상처를 하고 마땅한 규수를 물색하는 중에 내게다 그런 뜻을 보이지 않겠니? 생각해 보아라 내게는 은인이요 또 너는 사주대로 한다면 상처한 곳으로 가야만 될 테니 이왕이면 돈은 많겠다, 아 전라도에서도 쌀만 만석 추수하는 부자는 그리 흔하지 못하다. 그 사람이 아들이 없이 단지 딸 하나뿐이란 갈이다. 네가 가서 아들만 낳으면 그 집 상속은 네 아들이 할 것이 아니냐 말이다. 그리고 ……."

아버지의 이야기가 아직도 계속되는데

---

22 살아 있을 때에는 멀리 떨어져 있고 죽어서는 영원히 헤어짐.

"그만 하세요 아버지. 저는 죽으면 죽었지 그 사람에게는 안 가요. 첫째 보기가 싫은 걸 어떡해요? 사뭇 몸서리가 치도록 징그러운 것을 어떡해요?"

진화는 여전히 벽으로 돌아앉은 채다.

"얘 그러지 말고 잘 생각해 봐. 아비의 입장도 좀 생각해 보라는 말이다. 논이며 밭이며 모두 은행에서 경매에 붙여 버렸다. 그래서 올 가을부터 아니 당장 이 봄부터 보리 한 섬 나락 한 말 들어오지 않게 되었다."

아버지는 한숨을 길게 쉬고 담배 꽁지를 마당으로 홀쩍 던진다. 진화는 뺑 돌아앉으며

"저를 팔아 논과 밭을 사시려구요? 그렇게는 안 될 겁니다."

"허 그렇게 고깝게만 듣지 말래두 ……."

진화는 아버지의 앞을 바람개비처럼 지나 마당으로 뛰어 나갔다. 줄에서 방금 물을 뚝뚝 흘리고 있는 본목이며 광목이며 삼정이며 모두 끌어내려 발로 지근지근 밟아 놨다.

"아이고 얄궂어라. 이런 법이 어디 있을고."

이웃 여인들은 입을 쑥 내밀고 각기 자기네 집으로 돌아갔다. 그러나 점심때가 되어 마당에는 빨랫줄마다 물이 주르르 흐르는 본목들이 늘어져 있었다. 이웃 여인들이 다시 불려 온 것이다.

이튿날 아침부터 다듬이 소리가 요란히 들려왔다.

"마음대로 해보지 나도 내 맘대로야."

진화는 중얼거리고 아랫목에 누워 버렸다. 여인들은 명주에 자주 물감이며 초록 물감을 들이는가 하면 일변 풀물에 적시어 줄에 걸치고 일변 마른 것을 개켜 밟고 방망이로 다듬고.

절간에 있는 광우에게

"사흘에 한 번씩 보러 올 테요."

하고 약속한 날이 왔건만 진화는 갈 수는 없었다. 사흘 동안을 고스란히 물도 마시지 않고 누워 있는 진화다.

또 사흘이 지나갈 동안 다듬이 소리는 계속하여 들렸으나 진화는 눈썹도 까닥하지 않았다. 결혼 날짜가 다가오면 올수록 그의 마음에 한 가지 결심도 여물어 오기 때문이다.

닷새째 되는 저녁때 진화는 어머니가 들여다 주는 미음을 숭늉처럼 마셨다. 촉촉이 지어 온 밥도 반 그릇이나 먹고

"굶어 죽는 것도 팔자에 있어야 되나 보지요? 어머니."

하고 하얀 이빨로 웃는 진화였다. 이제 사흘만 있으면 잔칫날이 온다는 이른 아침 진화는 읍내로 달려갔다.

구절사로 가는 산길에서 묘운을 만났다. 진화는 가마를 쉬게 하고 묘운에게 먼저 관우의 안부를 물었다.

"혜남은 또 병이 더치었소이다. 필연 무슨 불길한 일이 있으리라고 밤이나 낮이나 눈물을 흘리고……."

진화는 교군을 독촉하여 점심 안으로 절간에 들어갔다.

절 뒤꼍 조용한 방에 누워 있는 관우는 열흘 동안에 몰라보리 만큼 초췌하여 있다. 진화를 보자 어린애처럼 흐느껴 울고 진화의 치마폭에 얼굴을 파묻는다.

묘운은 지극히 못마땅한 표정으로 진화와 관우를 번갈아 바라보고 섰다가 아니꼬운 듯이 마당으로 돌아 나가 버렸다.

"늦은 까닭은 무엇에요? 알기나 합시다."

관우는 심문하듯 진화를 졸라댄다. 진화는 그 사이 납채 왔다는 얘기를 하고 아버지의 말씀하시던 집안 형편도 들려주고 끝에 가서 노랑 수염쟁이의 몰골을 설명한 뒤 죽어도 시집가지 않겠다는 말까지 한꺼번에 다 했다.

관우는 진화의 손목을 으스러지라고 힘을 주어 쥔다.

"그럼은요 난 죽어도 시집 안 간다고 말해 놓고 왔어요."

"아니 내 말 뜻은 그와 반대입니다. 시집을 가셔야지요."

하고 관우는 처량하게 웃는다.

"미쳤나요?"

하고 진화가 눈을 흘기고 돌아앉았다.

"아냐요. 당신은 시집가서 착한 아내 노릇을 하세요. 난 또 내대로 그러나 지금보다 더 무서운 지옥에 빠지지 않을 생각입니다."

"뭣이 어째요?"

진화는 자리에서 벌떡 일어나서 뜰로 내려섰으나 관우는 붙들려 하지도 않는다. 한참 만에 관우에게로 돌아온 진화는 머리에 하얀 수건을 썼다.

"더운데 이 수건 벗으세요."

하고 관우가 한 손으로 진화의 머리에서 수건을 벗겨 냈다. 이상하게도 진화의 머리는 여기저기 소가 뜯어 먹은 풀밭처럼 싹둑싹둑 가위로 함부로 깎여 있다.

관우는 별로 놀라지도 않고 덤덤히 진화의 얼굴을 쳐다보고 있다. 관우의 입에서 아무런 놀람이나 탄식이 나오지 않는 것은 진화로서는 의외의 일이 아닐 수 없다.

묘운도 와서 옆에서 표정 없는 얼굴로 내려다보고 섰고 한참 만에 관
우가

"왜 이런 짓을 하십니까?"

못마땅하다는 뜻이다.

"시집가지 않으려구요."

진화는 두 번이나 아랫입술을 깨물면서

"노랑 수염에게 시집 안 간다는 제 결심이에요."

"결심은 꼭 머리를 깎아야만 하는 건가요? 보기 흉해요."

관우는 얼굴을 돌리며

"여자에게는 머리털이 제일이에요. 머리털 없는 진화 씨는 내 기억에
두고 싶지 않아요."

"……."

진화의 얼굴빛은 차츰 혼란하여진다. 관우는 차라리 조롱하는 웃음
을 싣고

"머리는 곧 자라니까요. 머리 벤 것을 가지고 결심 운운하는 것은 유
치한 일에요."

하고 관우는 자리에서 일어선다.

"나는 아주 삭발을 하렵니다."

"삭발을 하면 한 평생 절에서 살 각오를 해야지요."

관우는 여전히 심상한 어조다.

"절에서 살겠어요."

진화는 곁에 있는 묘운을 보고

"묘운 대사, 내 머리 좀 삭발해 주세요."

하고 애원하듯 간청을 했다. 묘운은 퉁명스러운 목소리로

"삭발이란 본래 남녀의 치정극을 위해서 있는 건 아니옵니다. 부처님께 드리는 거룩한 도심에서 우러나와야만 하는 것이옵니다, 네!"

하고 묘운은 앞마당으로 돌아 나가 버렸다. 진화도 뜰로 내려왔다. 그는 절 뒷문을 빠져 산길로 타박타박 걷기 시작했다.

그는 가위로서 머리를 잘랐다는 사실이 그렇게도 그 사람들 눈에는 허잘 것 없는 희롱으로 보였는가, 진화는 뼈에 사무치게 모욕을 느끼었다.

좁은 길을 치달려 자꾸 올라가면 천야만야 절벽이 깎아 잘린 곳이 있다. 한 발만 내디디면 이승과 저승의 구별이 일순간에 되는 곳이다. 진화가 절벽 쪽으로 걸어가는 것을 묘운이가 먼저 발견하였다.

"말 바위로 간다?"

하고 묘운은 구경거리나 보는 듯이 쳐다보고 섰다.

"누가? 진화 씨가?"

하고 관우는 겁이 난 목소리로

"자네 가서 데려오지 못하겠나? 그럼 내가 가지."

하고 맨발로 마당으로 내려선다.

"가만 두어. 죽지 않는다. 죽지 않을 테니 두고 보아."

묘운의 말에 관우는 성이 발칵 났다.

"죽는 사람은 따로 있나? 난 살인할 수 없네."

하고 관우는 뒷길로 헐떡이며 달려간다. 묘운도 이어 관우의 뒤를 따른다. 묘운의 걸음이 관우보다 훨씬 빨랐다. 묘운이가 성큼성큼 고개턱으로 올라가는 것을 보자 관우는 숨이 차서 일보도 더 전진하지 못하고 언

덕에 기대섰다.

관우가 다시 고개를 쳐들었을 때 진화의 그림자는 보이지 않는다. 모퉁이로 돌아간 것이다. 관우는 조금 전에 자기가 지나치게 질투하였던 것을 불로 지지는 듯한 괴로움으로 후회를 느끼기 시작했다.

"관세음보살 대자대비 …… 진화를 지켜 줍소사."

그가 두 손을 모은 채 다시 눈을 떴을 때 까마귀만 한 그림자 두 개가 절벽 끝에 삐죽이 나온 바위 위에 서 있는 것을 보았다.

진화와 묘운이다. 묘운이가 진화의 팔을 붙들어 내리려고 하고 진화는 묘운의 손을 뿌리치고 아슬아슬하고 짜릿짜릿한 광경에 관우는 눈앞이 핑그르르 돌아갔다.

관우는 두 손으로 풀포기를 쥐고 매달리듯이 언덕에 몸을 기대었다. 세 번째 그가 다시 눈을 떴을 때 바위 위에는 까마귀단 한 그림자는 한 개밖에 남지 않았다.

햇빛에 반짝이는 머리 그것은 묘운의 삭발한 머리가 분명하다.

"아, 아."

관우는 부르르 떨리는 두 다리에 힘을 주어 고개를 치달리기 시작하였다.

'시체라도 찾자. 찾아서 칠일독경, 아니 백일독경도 좋다. 나는 그의 무덤 앞에 초막을 짓고 평생을 그의 무덤을 지키리라.'

관우는 이런 생각을 하면서 울었다. 얼마를 걸었던지 그는 묘운이가 서 있는 바위 아래까지 왔다.

"시체는 보이나?"

관우가 아래서 소리를 쳤다. 묘운은 잠자코 성난 듯이 관우를 노려본다.

"관우 씨 난 아직 안 죽었어요."

바위 저쪽에서 착 기대서 있는 진화가 눈물을 흘리며 관우 앞으로 한 걸음 다가선다.

"오 진화!"

관우는 두 팔로 진화의 목을 껴안고

"고맙소, 고맙습니다."

관우는 가위로 깎아 낸 진화의 머리에 몇 번이고 입을 맞췄다. 묘운이야 보든지 말든지 관우는 진화의 뺨에 이마에 턱에 마구 입을 맞추었다.

마침내 묘운은 절벽을 향하여 침을 탁 뱉고 도망질치듯이 아래로 내려가 버렸다. 해가 너울너울 넘어가는데 진화는 바위에 걸터앉은 채 일어설 기미를 보이지 않는다.

"진화 씨! 내려갑시다."

관우는 또 한 번 진화의 깎은 머리에 입술을 대고 그의 어깨를 안아 일으켰다. 진화는 바위에서 몸을 흔들며

"약속하시겠어요?"

관우는 한참을 잠자코 있다가

"진화 씨! 왜 그런 생각을 하세요? 죽음과 삶이란 진실로 똑같은 것이라 걸 왜 알아듣지 못하십니까. 생사일여(生死一如)란 말을 그렇게 설명했는데도 ……."

"그래도 난 죽고 싶어요. 죽어야만 노랑 수염에게 시집을 안 가게 되거든요. 그리고 관우 씨가 그리워 못 견디는 슬픔도 잊을 수가 있구요."

"진화 씨! 죽으면 잊어버리는 거 아냐요. 죽은 후에는 좀 더 절실하게 좀 더 심각하게 우리가 받을 고난이 우리를 찾아오는 겁니다. 그것이 업보라는 거에요."

"죽어 버리면 누가 아나요?"

하고 진화가 피식 웃었다.

"그것이 탁한 중생들의 자기기만이라는 거에요. 총명한 우리 진화 씨 내 말을 믿어야 합니다."

진화는 불덩이같이 이글거리는 태양이 산봉우리에 걸리는 것을 바라보며

"나와 같이 그 심각한 업보를 받을 각오를 가질 수 있어요?"

하고 관우를 향해 고개를 갸우듬히 하고 방긋이 웃었다.

"같이 죽을 수 있지요, 있고 말구요."

관우는 진화의 상체를 안고

"즐거이 지옥으로 떨어질 수 있어요. 그러나 나는 당신을 지옥으로 떨어뜨리고 싶지는 않아요."

"그래도 나는 소원이에요, 같이 죽어 주세요 관우 씨!"

벌써 두 시간째 같은 말만 되풀이하는 진화다. 해가 산 너머로 아주 넘어갔다. 꽃자줏빛 노을이 서편 하늘 일변을 휘장처럼 펼쳤다.

"그럼 할 수 없습니다. 난 진화 씨 말대로 시행하겠어요."

"정말야요? 관우 씨."

진화는 소리를 치고 달려들어 관우의 뾰족한 턱이며 앙상한 광대뼈 할 것 없이 입을 맞추고

"여기서 떨어져 버리기로 할까요? 우리 이렇게 꼭 껴안고."

갑자기 바람이 우 하고 절벽으로 불어온다. 여름 바람 치고는 너무도 거칠고 음산한 바람이다.

관우는 으스스 몸을 떨고

"까마귀밥이 되는 것보다 묘운에게 우리 몸을 따뜻한 양지쪽에 묻어 달라고, 어느 잔디밭 편편한 언덕에서 나란히 누워서 숨을 거두기로 하는 것이 어떨까요? 우리 위에는 푸른 하늘이 펼쳐 있고 그 하늘 아래는 새가 노래하고 꽃이 향기를 보내고 밤이면 별 떨기가 속삭이고 비온 뒤면 무지개가 비치고 그리고 개울물 소리도 돌돌돌 들리는가 하면 서늘한 나무 그림자도 있는 그런 깨끗하고 아늑하고 향기로운 언덕을 골라서 우리 나란히 누워 숨을 거두기로 합시다."

관우의 얼굴은 환히 티어 오르는 것 같이 보인다.

"그게 좋아요. 우리 그렇게 합시다."

진화도 샛별같이 눈을 반짝거리고 이제 곧 미지의 나라로 여행을 떠나려는 소녀처럼 가슴이 뛰는 것이었다.

"지금은 어두워 오지 않아요? 우리 같이 절간으로 내려갑시다. 갔다가 내일 다시 우리 둘이서 적당한 곳을 찾기로 합시다."

진화는 다소곳이 관우의 뒤를 따라 내려왔다. 묘운이가 기어이 진화를 절간 밖에 있는 동리까지 가서 자야 된다고 우긴다.

"여인금제의 나라니까 할 수 없소이다."

하고 미안한 듯이 말하는 묘운에게

"알아요 법대로 하지요. 여기가 암자가 아니니까 여인이 잘 수 없다는 것쯤은 나도 알고 있어요."

하고 진화는 선선히 절간을 나왔다.

"그럼 내일 아침 다시 ……."

관우는 절간 문 밖까지 나와서 진화를 전송하였다.

묘운을 따라 마을을 내려오자 진화는 곧 그 집 주부어게 말을 해서 부드러운 본목 두 필을 사 오게 했다.

바느질 잘 하는 사람을 골라 남자의 고의적삼 한 벌, 여자의 속바지와 적삼 이렇게 두 벌을 날이 새기까지 만들어 오라고 부탁을 하였다.

신신당부를 받은 주인집 여자는 먼동이 틀 무렵에 남녀의 속옷 두 벌을 가져왔다. 진화는 삯을 후히 주고 옷들을 착착 보에 쌌다.

'오늘 관우 씨와 결혼식을 거행하는 혼례복.'

이라는 것을 생각하고 진화는 몇 번이고 그 옷에 얼굴을 묻어 본다. 아침 밥상이 들어 왔으나 진화는 그대로 사립문을 나왔다.

보따리를 들고 산길을 타박타박 걸어가는 진화의 발아래는 진주 같은 이슬들이 깨어지고 머리 위에는 산새들의 노래가 소나기처럼 쏟아진다. 진화는 가슴이 터질 듯한 흥분을 느끼며 길을 걸었다. 그것은 말로 할 수 없는 환희와 쾌감으로서 오는 혈관의 약동이었다.

절간으로 들어와 뒤꼍으로 갔다. 캄캄한 지옥 속에서도 절절 끓는 불더미 속에서 곱게 싸서 안아줄 임이 누워 있는 방문 앞으로 조심히 걸어왔다. 진화는 합장하고 싶은 두 손으로 가만히 문을 열었다. 고즈넉이 요 위에 누워 있어야 할 관우는 그림자도 없고 아침 염불을 외우는 스님의 목탁 소리만이 은은하다.

진화는 보따리를 마루 끝에 놓고 우선 숨을 돌린다.

'어딜 갔을까?'

변소에도 샘물터에도 두루 찾아보았으나 관우는 물론 묘운이까지 보이지 않는다. 힐긋 진화를 바라보는 상좌 아이가 두 손으로 내미는 것이 있다. 착착 접은 하얀 종이다. 먹으로 쓴 관우의 친필.

'진화 씨 내가 지옥에 떨어지는 것이 무서워서가 아닙니다. 나보다 백배나 더 사랑하는 당신을 인생의 슬픔에서도 건져주지 못하고 저생의 지옥으로 안내하여 간다는 것은 너무도 처참하고 가혹한 일로 생각이 되어 어제의 결심은 변하기로 하였습니다. 우리가 살아서 부부가 된다 한들 나는 불치의 중환을 가진 사람으로 결단코 당신을 행복하게 할 수는 없습니다. 당신은 아버지의 말씀대로 집도 구원하고 당신 한 몸도 보존하십시오. 어디서 어떻게 살던지 마음속에 관세음을 모시면 그곳이 극락이올시다. 나는 오늘부터 운수(雲水)와 인연을 맺어 여기를 떠납니다. 혜남.'

"이방 손님 언제 떠나셨어요?"

진화는 종이에서 눈을 떼고 상좌에게 이렇게 물었다.

"닭이 두 회째 울고 난 뒤였습니다. 묘운 선사가 밥을 지어 두 분이 잡숫고 그리고 뒷문으로 같이들 나가셨어요."

"그럼 저 고개로냐?"

"네 그 길밖엔 없어요."

"그리고 가면 어디지?"

"밀양 표충사로 가는 길이 있다는 말을 들었습니다."

진화는 마루 끝에서 일어섰으나 허탈증에 빠진 사람처럼 다리가 어디 놓이는지 알 수도 없었다. 그는 혼이 나간 듯이 멍하니 허공을 쳐다보며 절간을 나왔다. 산을 내려 넓은 길로 나왔으나 자기의 다리가 사람들의 걸어가는 곳을 걷고 있을 뿐 그의 머리는 통으로 비어 있었다.

진화가 노다지로 걸어서 집까지 왔을 때는 저녁밥을 솥에서 푸고 있던 어머니가 질겁해서 내달으며

"어딜 갔다 오느냐?"

소곤거리듯이 이렇게 묻고 딸의 얼굴이랑 모두 심상치 않게 들여다본다.

"절에 갔다 왔어요."

진화는 한마디 하고 방으로 들어갔다. 두 다리를 쭉 뻗고 방바닥에 앉아 보니 매끈매끈한 장판방이 진화에게는 서늘하기도 하고 편안하기도 하였다.

'죽어서 죽어서 내 혼이 집으로 온 것일까?'

하고 생각하여 보았으나 곁에 놓인 보따리를 만져 볼 때 관우가 도망을 쳐간 일이 생각났다.

'잘도 버리지 않고 사십 리나 되는 길을 참따랗게 가져 왔군.'

진화는 보따리를 풀었다. 허옇게 허리가 꺾인 수의를 보자 그는 갑자기 관우가 괘씸하게 생각이 들었다.

'비겁한 자식, 그렇게 감쪽같이 약속을 해 놓고 야간 도망을 쳐버리다니. 그까짓 것에게 생명을 걸고 사랑을 하다니 …… 너가 미쳤지.'

진화는 보따리에다 퉤 하고 침을 뱉고 방바닥에 반드시 누워 버렸다. 주렴 너머로 아버지가 사랑에서 들어오시는 것이 보인다. 어머니와 무슨 얘긴지 기막힌 얼굴로 소곤거리고 나서 아버지는 길게 한숨을 쉬고 다시 마당으로 내려가신다. 진화는 꿈에서 깬 듯이 아버지가 불쌍해졌다.

'의리 없는 거짓말쟁이 관우와 함께 죽으려던 몸뚱이. 절벽에서 떨어졌다면 지금쯤 까마귀, 까치가 파먹고 있을 테지.'

까마귀 까치에게 내어 줄 몸뚱이라면 아버지 어머니에게 내어 주는 것이 낫지 않을까? 주린 곰에게 벗은 몸을 내어 준 현자도 있다는데 내 아버지 어머니는 곰은 아니겠지.

진화는 몸을 일으켜 주렴을 걷어 올리고

"아버지."

하고 불렀다. 아버지가 들어왔다.

"아버지 걱정을 끼쳐 죄송합니다. 저의 마음을 정했습니다. 아버지 작정하신 곳으로 시집을 가도 좋아요."

진화는 이 말을 하고 아버지의 무릎에 탁 고꾸라졌다. 진화의 어깨가 물결처럼 흔들릴 동안 진화의 머리에 썼던 수건이 스르르 벗겨졌다. 싹둑싹둑 아무렇게나 잘라 낸 머리가 통으로 드러나자 아버지의 눈이 뒤집혔다.

"아니 화야 이게 이게 무슨 짓이냐."

아버지의 물에 빠진 소리를 듣고 어머니도 뛰어 들어왔다.

"아니 아니 이게 웬일이냐? 아이고 하느님 맙소사."

"어머님 괜찮아요."

진화는 벌떡 일어나 눈물을 씻고

"대례[23]할 땐 '아얌'을 쓰면 돼요. 머리 깎은 덕분에 사랑손님에게로 시집갈 생각이 생겨났어요. 그러니까 괜찮지 않아요?"

---

23 혼인.

제5회

　관우는 진화와 함께 죽자고 맹세는 하였지만 묘운의 뒤를 따라 마을로 내려간 진화는 그대로 영영 관우 앞에 다시 나타나지 않을 것만 같았다. 이것은 관우의 어쩔 수 없는 예감이었다. 이러한 생각이 불길한 줄 알면서도 관우는 또 어쩔 수가 없는 것이었다.

　자기는 진화에게서 돌아설 때가 온 것이 아닌가. 그보다도 자기에게서 진화를 해방 시켜 줄 때가 온 것이 아닐까?

　방금 가래 속에서 피가 엉겨 나오는 관우 자신은 어느 정도 진화를 행복하게 해줄 수 있는지 관우는 전연 자신이 생겨나지 않는 것이다. 앞으로 진화는 긴 세월 동안 자기를 위하여 근심하고 슬퍼하고 그리고 빼빼 말라 죽을 것이 아닌가. 하얀 촉루[24]로 말라 버릴 것이 두 사람의 숙명이 아닌가. 이것은 전에도 어렴풋이 느끼고 있었던 일이지만 진화의 입에서

　'다른 곳에서 청혼이 왔다. 부모가 이를 찬성한다. 집안 형편 때문에 그런단다.'

　이런 말을 듣고 보니 관우는 진화에게 있어 한 개의 커다란 '좀'이란

24　해골.

것을 깨달았다. 한없이 부끄럽고 욕된 일이지만 사실이 그러한 것이다.

관우는 생각하였다. 사랑 때문에 사랑하기 때문에 두 사람이 같이 망할 수 있을까. 무슨 까닭에 진화를 자기의 희생으로 일생을 고난의 쇠사슬에 매어 둘 수 있을까.

'못 한다.'

관우의 이성이 소리를 쳤던 것이다. 진화가 가위로 머리를 덥석덥석 자르고 나타났을 때 사실은 관우의 눈이 캄캄하여졌던 것이다. 선풍처럼 휘몰아치는 감격대로 한다면 진화를 얼싸안고 방성대곡[25]을 하여도 오히려 부족할 것이었다.

그러나 관우는 그 순간 가슴 깊이 모시고 있는 관세음보살님을 불렀던 것이다. 언제나 위급한 일을 당한 때면 부르는 관세음보살을 이때도 관우는 마음속에서 불렀던 것이다.

관세음보살은 관우의 입을 열어 주었다.

"보기 흉해요 …… 여자에겐 머리칼이 생명이에요."

하는 말을 할 수 있도록 혓바닥을 놀릴 힘을 주었던 것이다. 진화가 산고개로 치달아 올라갔을 때 낭떠러지에 꼭 굴러 떨어져 죽은 줄로만 알았다. 만약 그때 진화가 떨어져 죽었더라면 관우도 같이 떨어졌을 것이다. 이것은 관우의 속임 없는 참된 감정이다.

그러나 다행스럽게도 진화는 떨어지지 않았다. 죽음이 눈앞에까지 왔다가 살짝 뒷걸음질을 친 것을 관우도 똑똑히 인식하였다.

"같이 낭떠러지로 떨어집시다. 이렇게 꼭 껴안고."

---

[25] 대성통곡.

하고 진화가 조를 때도 관우는 떨어지지 않기로 애걸하였던 것이다. 까마귀의 밥이 되느니보다 새소리 들리고 꽃향기 풍겨 오는 양지쪽에서 가지런히 누워 숨을 거두자고 애걸하였던 것이다.

그러나 따지고 보면 관우의 마음속에는 이미 죽음에 대하여서는 벌써 싸늘한 이성이 눈을 뜬 것이었다. 낙뢰같이 덮치려는 죽음의 찰나가 한 개 번쩍하고 지나가는 번개의 일순으로 그치고 마는 것이다. 죽음의 감격이랄까, 죽음의 황홀이랄까 그러한 절체절명의 긴박한 순간에서 관우는 풀려 나온 것이다.

진화가 죽자고 조르면 조를수록 진화의 말은 공허하게만 들려 왔다. 죽자고 서두르는 진화의 말을 어디까지 들어야 좋을 것인지 그는 약간 어리둥절하여 지기까지 하였다.

둘이서 껴안고 벼랑으로 떨어지는 순간

"사람 살류!"

하고 진화가 소리를 치지 않으리라고 보증할 수 없는 관우의 심정이었다. 그래서 관우는 진화가 죽지 않고 살기를 바랐다.

관우 자신도 죽지 않고 살 수 있다면 앞으로 오는 긴 세월 속에서 진화가 어떻게 자기 관우를 처분 혹은 대우하는가를 보고 싶었다. 진화가 마을에서 돌아오기 전 절간을 떠나가자고 주장한 것은 묘운이 아니고 관우였다.

그는 진화를 떠나서 먼 거리에서 진화를 바라보고 싶은 때문이었다. 적어도 일 년 후에 다시 와서 진화의 집을 찾으리라. 그때 만약 진화가 자기 때문에 죽었다는 사실을 발견한다면 관우는 그때 자기도 죽으리라 단정하였던 것이다. 이미 벌레에게 가슴을 뜯기고 있는 자신은 언제 죽어도 좋은 몸이 아닌가.

'일 년 후에 다시 보자.'

그동안 자기 병이 더치어 죽어 버린다면 또 그만이다. 어느 산모퉁이에서 뻐꾸기처럼 피를 뿜다가 숨을 거두어도 그만일 것이다. 이날 밤 묘운을 깨워 밥을 지으라 하여 관우는 애써 한 그릇을 다 먹었다.

"하루 십 리 아니 오 리야 걸을 수 있겠지."

하고 관우는 혼잣말처럼 묘운의 의견을 물어보았던 것이다.

"오 리야 걷겠지. 내가 업고 걸어도."

묘운은 소금을 뿌려 만든 주먹밥 열 개를 바랑 속에 넣었다. 멀리 마을에 닭들이 두 회째 우는 소리가 들려왔다.

관우와 묘운은 절간 뒷문을 빠져나왔다. 방금 진화가 나타나서 관우의 소매를 붙잡고 늘어질 것 같은 공포가 일순간 묘운의 마음을 초조하게 하였다. 날이 새기까지 겨우 고개를 넘어선 두 사람이었다. 해가 돋을 무렵 그들은 김 승지네 묘지기가 살고 있는 초가집까지 왔다.

묘지기 집은 삿갓 봉우리를 바라볼 수 있는 남향집이다. 묘운은 묘지기네 부엌으로 들어가서 물을 끓여 관우에게 아침을 먹였다. 묘지기 집 막내가 모자반이며 장아찌를 관우 앞에 갖다 놓았다.

아홉 살밖에 되지 않는 이 막내가 어른처럼 절간 손님에게 친절한 것이 기특해서 묘운은 막내의 사주를 보아준다고 생년월일시를 물어 보았으나 어머니가 일찍 돌아가셨기 때문에 난 시도 모르거니와 생일도 자세히 모른다는 것이다.

묘지기 김 서방은 쌀 가지러 읍내로 내려가고 열두 살 난 오빠와 단둘이서 솔바람 속에 누워 있는 연년 묵은 묘들을 지키며 밤을 새웠다는 것이다. 산간 두메에서 칡을 캐어 단물을 빨고 들꽃을 따다 옷섶에 꽂는 일밖에는 아무런 자극도 오락도 없는 이 소녀는 오래간만에 낯선 사람을 대하는 것이 한없이 즐거운 모양이었다.

묘운과 관우가 며칠이고 더 묵어가는 것이 소원이라는 것이다.

"양식도 없다면서 우리에게 무얼로 먹여 주지?"

하고 묘운이가 물으니까

"양식이 왜 없어요? 보리쌀 하고 좁쌀 하고 모두 드장(광)에 안 있는 가베."

하고 소녀는 또 이런 말도 했다.

"고사리를 물에 불리고 돌가지(도라지) 나물도 삶을게요. 들기름 넣고 볶으면 얼마나 맛있다고."

하고 싱긋이 웃는 소녀의 눈은 별처럼 영롱하다.

"아버지 오시면 야단 만나게."

하고 관우가 걱정을 하니

"내가 캐온 나물인데요. 뭐 승지님네 제사 때 쓰는 나물이사 어디 손을 댄다쿠나?"

하고 그 별 같은 눈을 흘기는 시늉을 한다.

"고마운데 …… 아가씨 마음씨가 고마워. 우리 오늘 밤 여기서 묵고 가기로 할까?"

관우가 이런 말을 하고 삿자리[26]가 깔린 묘지기 안방으로 들어가 목침을 베고 누웠다.

---

26 갈대를 엮어 만든 자리.

뒷문으로 들이부는 솔바람이 관우를 이내 혼곤히 단잠 속으로 밀어 넣었다. 우 하고 솔바람 소리에 관우가 눈을 떴을 때는 불그레 화기를 머금은 해가 서산에 걸려 있었다.

관우는 문득 가슴이 온통으로 무너져 나가는 듯한 공허를 느끼었다. 자기 가슴 한복판에 자리를 잡고 있던 진화를 억지로 쫓아낸 자리가 시커먼 아가리를 벌리는 지옥처럼 관우에게 견딜 수 없는 고독과 절망으로 육박하여 오는 것이다.

저녁을 먹고 마루에서 바람을 쏘이고 앉았는데 묘지기가 돌아왔다. 어린 것의 아버지가 돌아오는 것을 보고 관우는 안심하고 자기를 뜨기로 하였다. 울듯이 부여잡는 소녀에게 관우는 쓰다 남은 돈 일 원을 쥐어 주고 오솔길로 내려왔다.

묘운도 잠자코 바랑을 지고 관우의 뒤를 따르고 삿갓 봉우리 왼편 어깨 너머로 쟁반 같은 달이 솟구친다. 가지에 깃들인 새들도 잠잠하여지고 발아래 이슬이 은빛 구슬로 깨어지는 풀숲 길을 관우는 잠자코 걸어가면서 몇 번이고 한숨을 쉬고 쉬는 것이었다.

"자네 또 그 계집애 환상을 더듬는 모양이지?"
하고 묘운이가 말을 건넸으나 관우는 한 말도 대답이 없다. 산 아래 조개껍질같이 엎어진 초가집들이 여남은 채 달빛에 외롭게 보인다.

묘운과 관우는 그중의 한 집으로 들어섰다. 하룻밤 묵어갈 수 없을까 청했다. 머정방(머슴들이 자는 방) 문이 활짝 열리고 늙은 머슴은 두 사람을 반갑게 맞아들였다.

목침을 베고 쓰러진 관우는 몸이 뜨겁고 관자놀이가 뛰고 밤새도록 헛소리를 하였다. 헛소리 속의 대부분은 진화의 이름이다. 이튿날 새벽

머슴들이 들로 나간 후

"자네 그 계집을 단념할 줄 알았더니."

묘운은 입을 비쭉거리고

"아직도 미련이 남았단 말이지 …… 언제까지 집착하고 있을 작정이여?"

하고 묘운은 푹 한숨을 쉬었다. 꼬박 나흘을 지나 관우의 몸은 식었으나 입술이 부르트고 눈은 퀭하니 들어갔다.

태고적으로 선량한 주인은 이 딱하디 딱한 절간 손님을 쫓아낼 수는 없었던지

"머정방이지만 한 여름 지내도 좋고요."

하고 묘운을 보고

"정 불안한 생각이 들거든 머슴들이 쳐 남겨 놓은 장작이라도 몇 짐씩 산에서 내려오면 되잖소?"

하고 묘운의 억세게 보이는 어깨랑 팔들을 쳐다보는 것이다. 묘운은 두 사람의 숙식비로서 산에 가서 장작을 져 내리기로 하였다.

발갛게 불빛으로 물이 든 해가 서산으로 넘어가는 날과 날이 지나갔다. 질펀한 논바닥에는 물이 말라 여기저기서 소동이 났다.

묘운은 머슴과 함께 새벽까지 물을 푸는 밤도 있었다. 관우는 아침저녁 논두렁을 거닐었다. 논두렁을 거닐면서도 생각은 오직 진화뿐이었다. 어떻게 생각하면 도망질쳐 나온 자신이 비겁하기도 하였다. 몰상식하기도 하고 몰취미하기도 한 자신을 조롱하고도 싶어졌다.

날이 가면 갈수록 같이 죽자고 그렇게 애원하던 진화를 산간 마을에 혼자 두고 절간을 나와 버렸다는 사실이 후회로 변하여 갔다.

어느 날 아침부터 날씨도 흐리고 바람도 불었다.

"여기서 읍내가 몇 리나 되지?"

하고 아침을 마친 관우가 뜬금없이 이런 말을 물었다.

"산 변두리를 돌아가면 고작 읍내야 한 사십 리 되지."

하고 묘운은 또 관우가 여기서 떠나가는 것을 짐작하였다. 한참 만에 관우는

"읍내로 가세."

하고 피식 웃는다. 묘운은 짜증 난 얼굴로

"여보게 자네 어째서 중생이 그렇게 탁하냐 말야…… 잘 생각해 보게. 날은 가물고 어디 가서 부접할 곳도 없을 테니 새 곡식 날 동안 여기 있으세."

"그럼 자네 혼자 있게."

하고 신을 신는 관우다. 한번 자리에서 뜨기로 마음먹으면 결단코 붙들 수 없는 관우라는 것을 알고 있는 묘운은 잠자코 바랑을 걸머졌다.

사흘을 걸려서 읍내까지 왔다. 읍내에서 또 사흘을 묵었다. 행색이 초라해서 걸인과 비슷했으나 선량한 사람들은 이들에게 잘 자리와 먹을 것을 주었다.

그러나 사정해서 재워 주면 자고 구걸하다 거절하면 굶기도 했다. 태울 듯 해는 뜨거워 오는 아침나절 바람은 또 몹시 불기 시작하는 날이었다.

관우는 새벽부터 가슴이 설레었다. 가슴이 설레는 이유가 있는 것이다. 하얀 관을 안아다 땅속에 묻고 돌아서니 그 속에서 여인의 울음소리가 났다. 다시 파고 뚜껑을 열고 보니 진화가 누워 있었다. 관우는 통

곡을 하다가 놀라 잠을 깼다.

어떤 일이 있어도 이날 관우는 진화의 집으로 가야 한다고 우겨댔다. 가서 진화가 죽었다면 무덤이라도 보고 와야만 한다는 것이다.

잠자코 대답이 없는 묘운의 뒤통수를 보고

"나는 지금 숏골로 가네. 가서 그 집 담장이라도 넘어다보고 오겠네. 꼭 초상이 났을 것만 같애."

하고 혼자서 우쭐 나서는 관우의 뒤로 또 묘운은 바랑을 메고 따라나섰다.

"또 또, 치."

고 지천[27]을 부리면서도 묘운은 관우를 혼자 보낼 수 없는 것이다. 가다가 넘어지면 고작 죽어 버릴 것만 같은 관우가 아닌가.

한참을 걸어 가다가 빈 교군이 지나가는 것이 보였다.

"어디로 가시우?"

묘운이가 물었다.

"숏골로 갑니다."

"숏골이거든 좀 타고 갑시다. 길에서 병난 사람이ㄴ 타야겠습니다."

"그럽시다."

하고 교군은 가마를 내려놓는다.

"대가는 가서 드리리다."

"숏골 어디쯤 잉기요?"

"저어 진 생원 댁까지. 저어 높다란 기와집인데 알겠지요."

"네! 오늘 잔치하는 집 말이네요."

---

27 지청구(까닭 없이 남을 탓하고 원망함)

"잔치요?"

하고 묻는 관우의 얼굴은 모시같이 하얗다.

"그 집 따님이 시집을 가시나요?"

하고 묘운이가 물었다.

"예, 그렇습니다. 우리도 대반[28] 각시 태우려고 불리어 가는 길입니다."

"……."

가슴이 덜컥 내려앉은 것은 묘운이었다. 관우는 한 말도 없이 가마에 올라탔다.

"가면 뭘 해? 그만두세."

하고 묘운이가 말려 보았으나

"숏골로 속히."

관우는 교군을 재촉하였다. 관우와 묘운이가 진화의 집 대문까지 당도하였을 때 대문 앞에는 들고 나는 사람들이 장꾼 같다.

묘운은 교군에게

"안에 들어가서 손님을 모시고 왔으니 교군 삯을 달라고 하시오."

하고 쪽지를 썼다.

"관우를 데리고 오다가 부득이 가마에 태웠습니다. 교군 삯을 치러 주시기를 바랍니다. 묘운."

진화는 한참 동안 쪽지를 내려 보다가

"타고 온 사람에게 가서 받으쇼."

하고 뒷문으로 쪽지를 훌쩍 던져 버리고 단장하는 여인에게 다소곳이

---

28 전통 혼례에서, 신랑이나 신부 또는 후행(後行) 온 사람을 옆에서 접대하는 일. 또는 그 일을 맡은 사람.

이마를 내밀어 주는 것이다.

"허어, 재수 적다. 공짜로 태워다 주었나?"

탁주를 한 사발씩 마시고 나오는 교군들은 묘운이나 관우에게 별 말도 하지 않았다.

진화의 얼굴에서 화장을 마친 여인은 파란 명주 수건으로 진화의 머리를 동였다. 소가 퍽퍽 함부로 뜯어낸 풀밭처럼 고약스러운 진화의 머리는 푸른 명주 수건이 곱다랗게 눌러 썼다.

그 위에 아얌이 아닌 화관족두리를 올려놓아도 좋았다. 원삼을 입고 화관을 쓴 진화의 모습은 구름을 헤치고 나오는 달보다 찬란하였다.

선경에서만 산다는 선녀가 잠깐 속세로 내려선 듯 신비하고도 요염하게 보였다.

사간 대청에는 솔과 대나무가 마주서고 나무 기러기가 비단보에 쌓인 채 상위에 엎드리고 대추를 물린 가래떡이 용처럼 서리고 앉았다.

신랑이 들어왔다. 사모관대하고 수의자를 신은 신랑은 평소의 노랑 수염으로는 볼 수 없는 풍채다. 점잔을 빼서 그런지 넘할 수 없는 기상조차 늙은 신랑의 미간에 아로새겨져 있다.

진화의 집 뒤 언덕 밤나무 등걸에 몸을 기대로 서 있는 관우는 진화의 대청에서 되는 광경이 지척에서 보는 듯 똑똑히 보였다.

신랑이 북향재배를 마치고 신부의 사배도 끝이 났다. 관우의 입에서 웃음이 흘러 났다. 웃음이 흘러 나는 입술에는 새빨간 선지피도 흘러 나왔다.

신랑이 건넛방으로 가서 상객과 함께 큰상을 받을 때 관우는 기절하여 버렸다. 묘운이가 달려갔다. 잔칫집 분주한 주방으로 사람을 떠밀고 그릇에 물을 떠 왔다.

관우는 물을 마시기 전에 정신이 돌아왔다. 돌아온 것이 아니라 관우는 본래부터 정신은 또렷하였던 것이다. 단지 육체의 힘이 그를 떠받아 주지 못했던 것뿐이다. 묘운이가 떠온 물로 관우는 입을 헹구고 턱도 씻었다.

두 번째 떠온 냉수를 한 모금 마시고 주머니에서 생강을 꺼내 씹었다. 묘운은 짓궂게도 잔칫집 채일 밑으로 가서 두둑이 한상을 받았다. 술은 마시고 국수는 먹고 과일과 떡은 소매에 넣어 가지고 관우에게로 왔다.

달도 없는 어두운 밤이 찾아 왔다.

"무월 동방 화촉야."

관우는 풍월조로 읊어 보고 넌지시 밤나무 등걸에 몸을 기댔다.

진화의 집 안방에는 산수병풍이 아랫목에 둘리고 새로 만든 침구가 화초처럼 깔린다. 기름한 베개 모에는 송학이 수놓아진 것까지 또렷이 보이는 신혼 초야의 풍경이다. 황촉 두 개가 켜 있는 방안의 밝음이 주렴발 너머로 실내의 현장을 똑똑히 비추어 주는 때문이다.

이윽고 신부가 한님의 부축으로 안방으로 들어왔다. 화촉 족두리에 원삼을 입고 나붓이 앉아 있는 진화는 그대로 호흡하고 있는 관세음보살이다.

관우는 엄지손가락을 입에 넣어 지그시 어금니로 씹으며 진화의 용모를 바라보고 섰다.

밤이 깊어졌는지 신랑이 모시 두루마기 앞자락을 여미며 신방을 들어서는 것이 보이자 관우도 벌떡 나무 등걸에 기댔던 몸을 일으켜 세웠다.

신랑은 두루마기를 벗어 병풍에 걸치고 평발을 하고 앉으며

"허 어찌 그리도 아름다우시오?"

하고 원삼 속에 들어 있는 신부의 손을 덥석 쥐려 한다. 신부는 새초롬
해서 손목을 빼며 약간 돌아앉는다.

"허허허 머이 부끄러울 게 있어. 이제 한평생 같이 살 텐데."

하는 소리가 관우의 귀에 들려왔다. 관우는 어느새 언덕에서 뛰어내려
진화의 집 담장을 넘어선 것이다.

신랑이 일어나 신부의 머리에서 화관을 벗겨 내었다. 파란 명주로 싼
신부의 머리는 뽀얀 이마 도화 꽃으로 붉은 두 볼에 근사하게 어울렸
다. 원삼을 벗기어 병풍에 걸치고 난 신랑은 만족한 듯이 연신 빙글빙
글 웃으며 신부를 내려다본다.

분홍치마에 연둣빛 원호장 저고리

'아 그날도 저런 옷이었다.'

관우는 처음 진화의 집으로 찾아왔을 때 대문 안 반송 아래서 자기를
맞아 주던 진화는 분명 저런 옷을 입고 있었던 것이다.

"술 한 잔 따라 주시오그려."

하고 신랑이 주안상을 신부의 앞으로 밀어 놓는다. 진화는 은주전자를
들어 노란 술을 은잔에 따른다.

"어, 상쾌하군."

신랑은 단숨에 잔을 비우고

"자, 반배²⁹를 해야지."

---

29 받은 잔의 술을 마시고 준 사람에게 술잔을 권함.

하고 자기가 마시던 잔에 주전자를 기울인다. 술잔을 들려던 진화의 눈이 뒷문에 걸친 주렴을 바라다보았다.

그것은 우연인지 모른다. 어쨌든 진화는 주렴 밖에 사람이 있는 것을 알아냈다. 사람은 다른 이가 아닌 관우라는 것을 발견하자 진화는 술잔을 내려놓고 부스스 자리에서 일어섰다.

제6회

진화가 부스스 자리에서 일어서는 것을 보는 관우는 주렴으로 한 걸음 앞으로 다가섰다.

타는 듯한 두 눈으로 진화의 입술을 지키며 조용히 두 팔을 벌렸다. 진화는 관우 쪽으로는 거들떠보지도 않고 주렴이 걸린 영창문을 사르릉 닫아 버렸다. 영창문을 닫은 진화는 벽으로 가서 착 기대앉는다. 영창에 비치는 그림자로써 똑똑히 알 수가 있는 것이다.

관우는 부들부들 떨리는 손목을 꼭 쥐었다. 신부가 문을 닫는 것을 보고 새신랑이 일어나 진화의 옷고름을 끄르는 그림자를 보자 관우는 어정어정 담으로 왔다.

넘어올 때보다 십 배나 높아진 토담이다. 관우는 계똥벌레처럼 사지를 담에 붙이고 버둥거리다가 겨우 몸뚱이를 담 너머로 넘겼다.

묘운의 어깨에 얼굴을 싣고 밤나무 아래 주저앉은 관우는 으스스 몸이 추워 왔다. 바람이 쏴 쏴 밤나무 가지를 흔들고 지나간 때문이다. 밤이 깊어질수록 촉촉이 이슬이 어깨를 적신다. 닭이 두 번째 울 때 관우는 땅바닥에 쓰러졌다.

잠도 아니요 꿈도 아닌 혼곤한 피로 속에서 물과 피가 한꺼번에 푹 빠져나가는 듯한 허탈증을 느끼며 관우는 지그시 눈을 감았다.

세월이 흘러갔다.

×   ×   ×

상추를 뽑고 풋마늘을 분질러 개울에서 씻고 있는 묘운의 뒤에 채롱[30]을 들고 우두커니 서 있는 관우는 얼굴에 혈기가 돌고 턱 아래가 두둑이 살이 쪄 있다.

짙은 음영 아래 바위를 감돌아 쏟아져 내리는 물속에서 관우의 얼굴이 유리처럼 깨어진다.

자욱한 안개에 젖어 나무는 기름지고 바위조차도 푸른 내운사 절문에서 두어 마장이나 떨어진 계곡이다.

푸성귀를 광주리에 담아 일어서는 묘운을 따라 관우도 걸음을 옮겨 두 사람은 거기서 멀지 않은 일간 두옥[31]으로 들어간다.

두옥이라 하지마는 한 간 반이 넘는 방은 깨끗이 발라져 있고 부엌에는 솥이 한 개 사발 대접도 한 개씩 있는가 하면 사치스러운 일로 구리 주전자도 한 개 있다.

관우는 화단 앞으로 가서 채롱을 내려놓고 채송화며 접시꽃이며 그리고 봉선화랑 해바라기 모종을 심기 시작한다.

"상좌가 더 안 주려는 것을 억지로 달래서 가져 왔더니 심어 보니 어지간히 많군."

관우는 꽃모종을 다 심고 나서 허리를 펴며 멀리 구름을 바라본다.

---

30 아름다운 색깔로 꾸민 바구니.
31 斗屋. 아주 작고 초라한 집.

"이 꽃이 필 무렵이면 훨씬 뜰 앞이 밝아질 거라 …… 꽃은 자연의 화장이니 …….."

관우는 바가지로 물을 떠서 심어진 꽃부리에 쏟아 붓고 마루로 걸터앉는다.

묘운이가 들고 온 점심 밥상에는 보리가 절반 섞인 찬밥 두 그릇과 쌈상추와 된장이 놓이고 마른 미역이며 장에 박았던 고추도 있다.

요사이 부쩍 입맛이 돌아온 관우는 찬밥을 달게 먹는데 금방 심을 채송화 모종 위에 어디서 날아 온 노랑나비가 한 마리 춤을 추다가 가 버린다. 관우는 채롱을 들고 뒤 산길로 올라갔다. 묘운도 밥상을 치우고 낫과 호미를 들고 관우를 따른다.

한 자씩 자란 고사리를 뚝뚝 분질러 채롱에다 담고 기름이 반지르르 흐르는 산나물을 낫으로 설설 베어 칡넝쿨로 묶었다.

묘운의 어깨에 한 짐이 실리게 되자 두 사람은 집으로 돌아왔다. 두 사람이 마당으로 들어설 때 마당에서 두리번두리번 살피는 노파가 한 사람이 있다.

"말씀 좀 물읍시다."

이가 빠진 입으로 웃는 것이 어린아이 얼굴처럼 천진스러운 늙은이다.

"말씀하세요."

관우가 채롱을 내려놓으며 대답을 했다.

"여기가 내운사지요?"

하고 절간을 가리킨다.

"네 그렇습니다."

"금수암을 가려면 어디로 갑니꺼?"

"여기서 한참 걸어야 할 걸요. 큰길로 나가시면 서북쪽으로 난 좁은 길을 마음 놓고 올라 가셔야 합니다. 한 십 리쯤."

할머니는 실망한 듯이

"안 되겠는데요. 어디가 어딘지 모르겠는데요 …… 이 근처에 방 한 개 빌릴 데 없는기요?"

"글쎄요 없을 겁니다. 여기서 한참 내려가서 동리를 찾아보시지요." 하고 관우는 할머니를 데리고 동리가 보이는 곳까지 바래다주었다.

"장히 고맙소."

오십은 넘고 육십은 못 됐을 정정한 늙은이의 입은 옷은 누르스름한 춘포 치마에 하얀 모본단 겹저고리다. 머리에 은비녀를 꽂았으나 가느스름한 금반지를 끼고 있는 손마디가 장정처럼 억세게 보인다.

관우는 늙은이의 모습을 생각해 보고 방으로 들어왔으나 잊었던 속세의 일이 잠잠한 가슴속에 참벌처럼 잉잉거리고 날아 들어온다.

'진화의 어머니 비슷한 늙은이, 진화는 …… 잘 살겠지? 부잣집 후처로 갔으니 호강하고 살겠지.'

관우의 두옥에는 봄날이 지나가는 대로 화단에 채송화가 영롱하게 피어났다. 접시꽃이며 봉선화가 필 무렵이 되자 완전히 여름이 왔다. 해바라기가 빙글빙글 해를 보고 돌아가는 어느 날 소낙비가 구름 속에서 쏟아졌다. 멀리서 울리는 천둥소리는 맹수의 포효처럼 산울림을 하고.

낮잠을 자던 관우는 일어나서 들창문을 내리는데 묘운은 뜰로 내려가 장독 항아리를 덮고 빨아 널었던 삼베고의를 거두어들인다.

"무슨 비가 갑자기 이래 쏟아지노?"

하고 처마로 들어서는 사람이 있다. 두어 달 전에 금수암 가는 길을 물으러 들어왔던 늙은이다.

"아니 오래간만이올시다 할머님. 비 오시는데 들어오시지요."

관우가 반갑게 인사를 건네니

"저 사람 아니가. 그때 날 길 가르쳐 주던 고마운 젊은이."

하고 할머니가 나직이 소곤거리는 등 뒤에는 옥색치마에 흰 모시적삼을 받쳐 입은 젊은 여자가 있다.

몽땅한 뒷머리를 서너 주먹 땋아 내려오다가 중턱을 질끈 검은 댕기로 동여맨 것을 보아 처녀임에 틀림이 없다.

할머니 어깨 너머로 빼꼼히 이쪽을 건너다보고 미소하는 처녀의 얼굴은 깨끗하게 티어 있고 옆으로 보이는 속눈썹이 길게 위로 뻗은 것이 서양 인형처럼 귀엽다.

"할머니 들어오십시오. 비 맞지 않으세요?"

하고 관우가 두 번째 권해 보았다. 처녀가 먼저 마루르 들어서며

"할머니 우리 잠깐만 비를 피하고 가십시다."

"지나가는 소낙비라 이제 곧 그치겠다마는."

혼잣말같이 하고 늙은이도 마루로 올라선다.

"이리로 …… 여기 앉으십시오. 여기가 시원합니다."

관우는 초석을 펴 보고 부채를 내놓았다. 할머니가 초석에 가서 앉고 부채를 집어 활랑 활랑 목덜미를 부친다.

"비가 오려고 그렇게 더웠댔구먼요."

하고 관우가

"아랫마을에서 방을 마련 하셨습니까? 그날."

"예 마침 조용한 아래채 방이 있어서 이 애 약을 뜨이기 시작했지요.

어릴 때 젖을 일찍 뗀 탓인지 늘 속병이 있어서 ……."

　속병이 있어 그런지 처녀의 얼굴빛은 약간 노르스름하다.

　"젊은이는 여기서 공부를 하는가요?"

　"네 책을 좀 보고 있습니다."

하고 관우는 일어서 선반에서 무엇인지 내려놓으며

　"산머루올시다. 심심하신데 맛 좀 보십시오."

하고 머루가 담긴 하얀 바가지를 할머니 앞으로 내놓는다.

　"아이고 젊은이도 마음씨도 …… 야야 먹어 봐라. 귀한 거다."

하고 할머니가 먼저 파란 포도 같은 머루를 한 개 입에 넣고 처녀도 뽀
얀 당분이 씌워 있는 머루를 한 알 딴다.

　다디단 머루의 과즙이 혓바닥에 스며드는 것과 함께 처음 보는 청년
의 인정이 가슴속에 아련히 배어드는 것을 느끼는 것이다. 머루가 바가
지에서 절반 너머 줄어들었을 때 소낙비는 그쳤다. 남쪽 하늘이 빤히
티이면서 볕살도 환히 비치었다.

　"아이고 비가 그쳤네 …… 가자 옥련아."

하고 할머니가 처녀를 돌아보며 일어섰다.

　"네."

　옥련이는 관우를 쳐다보고

　"감사합니다."

　한마디 하고 마루로 나오니 관우가 선반에서 신발을 내려 준다. 부엌
에서 산나물을 데치고 있던 묘운은 고개를 내밀며

　"안녕히 가십쇼."

하고 혀를 널름했다. 처녀가 돌아간 뒤 관우는 쨍쨍한 볕살 아래 물방

울을 쓰고 있는 어린 화초들을 바라보고 아련한 그리움에 잠기었다.

약간 노르스름한 처녀의 얼굴은 어딘지 건강해 보이지는 않았다. 그러나 건강치 못한 사람이 가지는 설움에 근사한 다정한 모습이 관우의 마음속에 잊을 수 없는 첫인상을 남기는 것이었다.

해가 지려는 사립문 앞에서 관우는 언제까지나 서성거렸다.

"그립다."

오래 잊었던 이 한마디가 관우의 입속에서 흘러나왔다. 사라진 줄 알았던 진화의 기억이 돌연히 나타난 옥련으로 인해 가슴이 미어지는 듯한 아픔으로 돌아났다.

진화를 사모하는 것도 같고 옥련을 그리워하는 것도 같은 정열이 한동안 관우의 머릿속에 선풍처럼 돌아갔다.

스물아홉 살 되는 관우의 타오르는 생리에서 오는 정열인지도 모른다.

이튿날도 관우는 옥련이가 내려간 길섶에서 산책을 하고 있었다. 관우는 길 아래서 하얀 것이 보인다고 생각할 때 그의 가슴은 소리를 내고 두근거리기 시작했다.

분명 처녀가 올라온다. 옥련이가 하얀 바구니를 들고 타박타박 올라오는 것을 보자 관우는 자기도 모르게 옥련이 오는 길로 서너 걸음 내려갔다.

"선생님께 드리는 거에요, 할머니가."

하고 옥련은 빙긋이 웃으며 광주리를 내민다.

"네? 무언데요?"

관우는 두 손으로 받았다. 광주리 속에는 잘 익은 참외 향기가 흐뭇이 풍겨 난다.

"내일 바구니 가지러 오겠어요."

하고 처녀는 관우를 쳐다보고 또 한 번 빙긋이 웃고 아래로 내려갔다. 관우는 참외 바구니를 든 채 우두커니 서서 처녀의 뒷모습을 바라보았다. 차츰 멀어져 가는 처녀는 그 옛날 진화의 모습같이도 보여 관우는 또 한 번 터질 듯한 가슴을 안고 집으로 들어갔다.

이튿날 묘운은 일찍이 산으로 갔다. 한낮이 될 무렵 묘운은 산머루를 채롱에 하나 가득 담아 가지고 왔다.

"자 이거 처녀에게 줌세, 참외 대가로."

하고 묘운은 히죽이 웃는다. 관우는 이때처럼 묘운이에게 감사를 느껴 본 일이 없다. 저녁때 처녀가 광주리를 가지러 올라왔다.

"아니 이게 뭐에요? 산머루! 아이 좋아."

광주리에 하나 가득 담긴 산머루를 안고 옥련은 어쩔 줄을 모른다. 감정을 숨기지 않고 들어낸다는 것은 이쪽을 신뢰하는 증거로 생각하고 관우는 옥련이를 꼭 껴안아 주고 싶도록 애틋함을 느꼈다.

"할머님께 드리는 거야요."

하고 관우는 웃어 보였다. 처녀와 할머니는 가끔 관우의 집으로 찾아왔다. 약의 효력이 발생함인지 처녀의 얼굴은 날마다 혈색이 돋아났다.

할머니는 어느 날 굵은 모시로 등지개를 해다 관우와 묘운에게 선사를 하고 돌아갔다. 묘운은 더덕나물을 캐 두었다가 할머니가 오시는 날에 드리고 처녀에게는 산머루와 산딸기를 선사하였다.

즐거운 여름이 꿈같이 지나갔다. 어느 날 달 밝은 저녁 할머니는 묘운을 불렀다. 관우를 손녀의 신랑감으로 중매를 들어 달라는 것이다.

"몸도 약하고 불도를 닦고 있는 사람이올시다."

하고 묘운이가 거절을 했으나 할머니는 듣지 않았다.

"중도 장가를 듭데요. 몸이 약해 보여도 오래 살면 되는 거라 사양할 조건이 못 되오."

하고 할머니는 재삼 부탁을 하였다. 관우가 할머니의 눈에도 들었거니와 옥련이가 관우에게 시집만 보내 준다면 할머니를 떠나 동경으로 유학을 가지 않겠다고 하는 것이다.

식은 교자상이 비좁게 차려졌다.

할머니가 산에서 내려오던 길로 담은 약주가 알맞게 익어 노랗게 괸 술이 구리주전자에서 손님을 기다리는 대청으로 관우는 안내되어 올라왔다.

옥련은 멀리서 관우와 눈이 마주치자 싱긋 웃을 듯하다가 얼굴을 붉히고 안으로 숨어 버렸다. 관우는 등골이 찌릿하게 저려 오는 즐거움을 느끼며 대청 초석 위로 가서 꿇어앉았다.

죽 둘러앉은 일가들 가운데는 하얗게 모발이 센 할아버지가 보이기도 하고 카이젤 수염을 기세 좋게 뻗힌 중년 신사도 있고 코 아래서 수염을 싹둑 잘라 낸 청년도 있다. 금비녀를 쪽진 중년 부인이 있는가 하면 하얀 옥가락지를 옷고름에 매고 있는 늙은이도 있고 신식으로 양쪽을 틀어 올린 부인도 두엇 눈에 띈다. 옥련이는 안방어 숨어 버린 채 가뭇이 없고.

"어서 오시게. 장인 될 사람이 어디 갔다 이제 오는 거야?"

수염 흰 할아버지가 빙그레 웃으며 하는 말이다.

"부산 갔다가 잠깐 늦었습니다만 시간은 아직 있습니다."

하고 당황스럽게 마루를 올라서는 신사를 흘깃 돌아보는 관우는 고개를 기울였다.

'어디서 본 얼굴 같다 …….'

관우는 마음속으로 기억을 더듬고 있는데

"아이고 장모님아 어서 좀 오너라."

옥련의 할머니가 소리를 치고

"여기 앉아. 여기가 네 자리다."

하고 관우의 맞은편 장인 된 사람과 나란히 앉힌다.

관우는 장모 될 부인을 힐긋 바라보았다. 순간 관우는 눈앞이 캄캄하여졌다.

여자도 눈이 둥그레서 멀거니 관우를 바라보다가 얼굴을 숙여 버린다. 비취 비녀를 쪽진 진화는 사 년 전보다 좀 더 혈색이 좋아 부잣집 주부로서의 관록이 서 있다.

"야아들아 국수 그릇 얼른 가져 오너라."

하고 할머니가 분부를 하는 대로 소고기며 파며 계란을 뒤집어 쓴 국수가 따끈한 국물에 잠겨 몇 그릇이고 들어온다.

"옥련네야 우두커니 앉았지 말고 이 국수 그릇 손님네 앞에 좀 놓아다고."

관우는 진화가 내놓는 국수 그릇을 다소곳이 바라보고 앉았으나 앉은 자리가 빙글빙글 돌아가는 듯한 현기증을 느꼈다.

"아니 장인 장모 될 분에게 인사부터 먼저 하고 절을 받아야 안 되겠나?"

하고 카이젤 수염이 의견을 제출하자 진화의 남편 노랑 수염이 상에서 약간 물러나 평발을 치고 앉았다.

진화는 눈을 떨어뜨린 채 꼼짝도 하지 않고 상에 붙어 앉았다. 몸을 움직이기만 하면 곧 쓰러질 것 같아서 진화는 일심으로 상다리를 붙들고 앉았는 것이다.

　"아이 아범아 너도 이리로 나오너라."

하고 옥련이 할머니가 아들의 곁에 나란히 앉는다.

　"진주댁이도 가서 앉아야지."

　수염이 흰 할아버지의 엄숙한 목소리다. 진주댁은 진화를 가리키는 말이다.

제7회

"허 뭘 하고 앉았노? 옥련네야."

옥련의 할머니가 짜증을 낸다. 진화는 시어머니의 명령보다도 늘어 앉은 친척들의 눈이 무서웠다. 보시시 상머리에서 일어나 남편 곁으로 가서 앉았다. 바람이 불었는지 마루 끝에 드리운 주렴이 흔들린다 생각 하는데 장독대 곁에 서 있는 오동나무 가지에서 뚝뚝 잎사귀가 떨어져 나간다.

먼지를 일으키고 지나가는 돌개바람이 이상해서 사람들은 모두 마당 으로 눈을 돌리고 뿌옇게 연기처럼 피어나는 먼지를 짜증냈다. 아직도 여름인데 바람은 당치 않은 것이다. 진화가 노랑 수염과 나란히 앉는 것을 보고 관우는 모시 두루마기 앞자락을 여미고 사뿐 일어났다.

절을 하려는 것이다. 절을 하려고 일어서는 순간 관우는 핑그르르 현 기증이 났다. 견딜 수 없이 어지럽기만 하다. 빙빙 시야가 자꾸만 돌아 간다. 사람들도 돌아가고 밥상도 돌아가고 옥련의 할머니며 노랑 수염 이며 진화의 얼굴까지 모두 빙글빙글 돌아간다.

무릎을 꿇고 엎드려 절을 한 관우는 고꾸라진 채 일어날 수는 없었 다. 팽이처럼 돌아가는 사람들의 얼굴을 쳐다볼 수 없이 관우는 지그시 눈을 감았다. 한참 만에 사람들이 관우를 일으켰다. 파르스름한 이마

아래로 속눈썹이 깔린 관우의 두 눈은 금시로 푹 꺼져 들어갔다. 입술이 파랬는가 하면 콧마루가 깎인 듯이 상큼해지고 난간마루에서 국수를 먹고 있던 묘운이가 뛰어와서 관우의 어깨를 안았다.

'하 아뿔싸 쯧쯧.'

옥련이 할머니가 소매 속에서 자주 수건을 꺼내 관우의 턱 아래 댔다. 빨간 선지피가 관우의 턱으로 지르르 흘러내린다. 관우는 묘운에게 엎여 사랑방으로 가서 누웠다. 후르르 바람이 지나간다. 또 오동나무에서 잎사귀가 뚝뚝 떨어진다.

모였던 사람들은 모두 눈썹 사이에 구름을 싣고

"아까운 사람이 …… 몹쓸 병을 지녔네."

혀를 차는 사람이 있는가 하면

"날을 잘못 받아서 살을 맞았지 뭐."

하고 한탄하는 늙은이도 있다. 옥련이 할머니가 다려 주는 한약 두 첩을 먹고 관우는 희한하게도 정신을 차렸다.

그 전날 노랑 수염은 진화를 데리고 서울로 올라가고 이틀이 지나 관우는 할머니의 호의를 감사하고 묘운을 데리고 그 집을 나왔다. 힐긋 돌아보는 관우의 눈에 대문을 밀고 하염없이 내다보고 서 있는 옥련의 얼굴이 보였다.

관우는 맘속으로 옥련의 장래를 축복하고 약간 빠른 걸음으로 길을 걷기 시작했다. 어디로 가는 건지 관우 자신도 모르는 길이다. 또 정처 없는 방랑 생활을 떠나가는 것이다.

×   ×   ×

몇 해가 흘러갔다. 밭에서 콩 단을 묶어지고 가는 농부의 뒤에 빨간 고추들이 달린 고춧대를 한아름 이고 가는 아낙네가 들어가는 동리로 묘운은 관우와 나란히 들어갔다.

해도 얼마 남지 않았는데 어디로 가서 몸을 쉬어야 한다. 오늘 걸은 이수가 줄여도 팔십 리는 된다. 묘운은 관우의 얄팍한 어깨를 붙들었다. 비슬비슬 쓰러지려는 관우다. 이제 곧 황혼이 닥치는데 빗방울은 또 후르르 내린다.

관우는 으쓱 추움을 느끼며 무명적삼 소매 속으로 손을 밀어 넣었다. 동구를 들어서 한참을 걸었다. 회나무를 지나서 또 한참을 걸었다. 꼭 쉬기에 알맞은 집이 나설 것만 같다. 비탈진 골목이 나온다. 거기서 발소리가 나면서 상복을 입은 여인이 내려온다.

엷은 음영이 둘린 좁은 골목 속으로 상복을 입은 젊은 여인의 모습은 차라리 으쓱 공포를 자아낸다. 테 둘레를 이고 하얀 나무 지팡이를 짚은 것을 보면 모친상이다. 뒤에 또 하나 젊은 여인이 내려온다. 칭칭 땋아 내린 머리로 보아 처녀가 분명하다.

여인과 처녀가 가는 뒤로 노인 하나가 따라 오다가

"들어들 가거라. 나는 집으로 가 봐야겠다."

하고 주춤 서 버린다. 깨끗하게 생긴 노인의 얼굴에는 가냘픈 슬픔이 아로새겨져 있다.

"외삼촌님은요 집으로 가십시더. 오늘 밤 저희끼리 어떻게 지냅니꺼?"

테 둘레를 쓴 처녀가 눈물이 글썽해진다.

"가거라 내 집에 들러서 가마."

영감님은 큰길을 향해 나가고 상제님들은 거기서 옆으로 뚫린 골목으로 들어간다. 여인들이 들어가는 골목 막다른 곳에는 커다란 대문이 있다. 둥실 높은 기와집이 보인다. 대문을 밀고 들어가는 여인들의 뒤를 따라 묘운은 관우의 등을 밀었다.

여인들이 상복을 벗기를 기다려 묘운은 대문 안으로 고개를 들이밀고

"지나가는 행객이올시다. 하룻밤 드새어 가게 해 줍소서."

자그르르 목탁이라도 칠만큼 틀에 박힌 중의 목소리다.

"섭분이 엄마 좀 내다보지."

대청에서 여인의 목소리가 들린다. 부엌에서 나오는 섭분이 엄마는 등에서 잠이 든 어린애를 팔고뱅이로 치키며 대문까지 걸어 나와

"어인 사람입니꺼?"

하고 묻는다.

"길을 가다 배도 고프고 잘 곳도 없어 하룻밤 묵어가려고 찾아온 행객이올시다."

이번에는 관우가 대답을 했다. 섭분이 엄마는 관우와 묘운의 얼굴이며 몸뚱이를 훑어보다가

"당신들 절에서 나왔지요?"

하고 묻는다. 박박 깎은 머리를 삿갓으로 가렸으나 묘운의 가슴에는 울미[32]로 만든 염주가 걸리어 있다.

"예 보살이라면 보살이고 중이라면 중이고 하룻밤 인연으로 쉬어 가게 해 줍소서."

---

32 '율무(볏과의 한해살이풀)'의 방언(경남, 함남).

묘운은 합장하고 간청을 했다.

"들어 오이소. 방은 있습니더만 불을 안 때서.

섭분이 엄마는 혼잣말같이 하고 돌아선다.

"불은 저들이 때지요."

묘운은 아래채의 방 한 간을 지명 받자 관우를 들여보내고 담 아래 쌓인 나무 더미에서 한 아름 아궁이로 가져왔다.

관우가 들어간 방은 삼간이나 넓은 장판방이다. 바른지 오래 된 모양으로 장판에는 까맣게 진이 오르고 천장이며 벽이 모두 그슬려 있다. 방이 따뜻이 더워 올 무렵 섭분이 엄마가 밥상을 가져왔다. 자그마한 소반 위에는 밥 두 그릇 나물 두 그릇이 올라앉고 오늘 삼우제를 지낸 때문에 마른 명태며 저린 조기가 한 토막씩 곁들어 있다.

막 수저를 들려는데 여인들의 곡소리가 들려온다. 빈소에서 여인들이 곡을 하는 모양이다. 곡소리를 들으면서도 그들은 시장한 김이라 밥 한 그릇씩을 다 비웠다. 밥상이 나가자 관우는 그 자리에 쓰러졌다. 묘운이가 관우의 다리며 팔을 주무르고 있는데 섭분이 엄마가 고맙게도 이불과 요를 가지고 나왔다.

"이부자리가 한 벌이 돼서 안 됐습니다."

하고

"방은 따뜻합니꺼?"

고마운 인사가 한두 가지가 아니다. 두 사람은 부른 배에 더운 방에서 오래간만에 부드러운 이불을 덮고 단잠을 잤다.

먼동이 트면 의례히 묘운의 잠은 깬다. 묘운은 방문을 열고 나와 그스렁 비를 들고 마당이며 뜨락이며 앞뒤를 훤하게 쓸어 놓고 도끼를 찾아 툭툭 나무를 패기 시작한다.

밤새 피로가 다 풀려 나간 묘운은 나무를 팼다. 부엌으로 곱게 들여다 쌓은 묘운에게 섭분이 엄마는

"아이구 손님이 이렇게 일을 해서 되겠습니꺼?"

하고 좋아한다. 아침밥은 어제 저녁밥보다 훨씬 더 많이 담았다. 쌀밥에 파란 콩이 드문드문 섞인 것은 관우의 식욕을 적당히 자극시켜 준다.

아침밥이 끝난 뒤 관우는 또 퇴침을 베고 눕는다.

"오늘 하루 더 쉬어야겠네. 다리가 말을 안 들을 거야."

"표충사까지 오십 리다. 천천히 가도 되지."

묘운이는 오늘 하루 더 신세를 질 것을 각오하고 밖으로 나오며

"물을 좀 길어다 드릴갑쇼?"

하고 섭분이 엄마에게 물어 보았다.

"손님에게 일을 시켜서 되겠습니꺼?"

하고 싱긋이 웃는 것은 고맙다는 뜻이다. 이제 한 서른댓 되어 보이는 이 젊은 아주머니가 아이를 업은 채 밥도 짓고 빨래도 하고 물도 긷고 채전[33]도 돌보는 모양이다.

마당 한쪽에 반날갈이의 밭뙈기가 있고 거기에는 무와 배추와 고추가 심어져 있다.

묘운은 골목을 나가 회나무 아래 있는 우물에서 물을 길어 항아리에 채워 놓고 짚을 찾아 배추의 위 둥우리를 돌아가며 질끈질끈 동여맸다. 삭은 오줌도 질금질금 밑동에 주고 고춧대는 뽑아 잎사귀를 훑었다. 묘

---

33 채소밭.

운이 이런 일을 할 동안 관우는 사흘을 맘 놓고 푹 쉴 수 있었다. 밥은 한 그릇씩 척척 비워 내면서도 밤이고 낮이고 누워만 있는 관우를 들여다보고 섭분이 엄마는

"노독[34]이 났구마. 언제꺼정이라도 쉬어 가시이소."

섭분이 엄마는 애기를 추석거려 가며 이런 소리를 하고 빙그레 웃는다. 어느 날 저녁때 영감님이 오셨다.

"외삼촌님 오셨다."

하는 소리가 대청에서 들리고

"왜 이제 오십니꺼?"

하는 앳된 목소리는 처녀의 말소리로 짐작이 된다. 관우가 저녁을 받는데

"헴."

하고 섭분이 엄마 뒤에서 기침소리를 하는 늙은이는 하얀 관골 위에 미소를 싣고

"손님들이 이렇게 와서 유하신단 말 들었소. 불편하시지만 며칠이고 쉬어 가시오."

늙은이는 담뱃대를 쥔 손으로 뒷짐을 지며

"이 집으로 말하자면 남자가 없는 집이요. 초상이 나가고 며칠 안 되어서 휘휘 하기 때문에 손님들이 얼마쯤 유해 주기를 바란다고 이 집 주인의 부탁이요. 나는 이 집 식구에게는 외삼촌뻘 되는 사람이요."

"네 늦게 뵈옵니다."

---

[34] 路毒. 먼 길에 지치고 시달려서 생긴 피로나 병.

하고 관우가 몸을 굽혀 절을 했다. 영감이 관우를 한참 내려다보다가

"젊은이 올해 몇 살 났수?"

하고 묻는다.

"서른세 살이올시다."

관우가 공손하게 대답을 했다.

"음 갑신생이로군."

"네 그렇습니다."

관우와 묘운이가 이 집에 와서 묵은 지도 벌써 한 달이 되었다. 밭에서 배추와 무를 뽑아내고 메주콩을 찌어야 하고 묘운은 아침부터 밤까지 조금도 쉴 여가는 없다. 묘운은 도대체 쉬고 싶지가 않다는 것이다. 일을 하면 할수록 재미가 나는 묘운이다.

동구 회나무 아래로 가서 스무 번 물을 길어 와도 묘운은 끄덕도 하지 않았다. 오히려 싱글벙글 웃음이 나왔다. 물을 길어 부을 때마다 섭분이 엄마가

"아이고 이렇게 수고를 해서 되겠습니꺼?"

하는 한마디는 뼈가 저리도록 고맙게만 들렸다. 섭분이 엄마가 좋아하는 기색을 보면 묘운은 피로하던 팔다리에 금시로 새 힘이 돋아 나오는 것이 이상스럽기도 하였다.

묘운은 섭분이 엄마가 때기 쉽게 장작을 잘게 패는가 하면 단나무도 헤치고 툭툭 굵은 가지를 꺾어 부엌으로 들이밀었다. 나무 다섯 짝을 다 들어내고 마지막 가지를 툭툭 자르고 일어난 묘운은

"아?"

하고 소리를 질렀다. 금시로 땅에서 꽹하니 아가리가 열린 듯 우물이

한 개 꺼먼 입을 벌리고 있지 않는가. 묘운은 우물로 다가서서 얼굴을 들이밀었다. 과히 깊지도 않는 듯한 우물에는 맑은 물이 절반쯤 고여서 있고 물 위에는 새끼에 매달린 솔가지가 떠 있다.

고사를 지냈는지 용왕제를 지냈는지 묘운은 오싹 불길한 생각이 들어 우물에서 눈을 돌렸다. 눈을 돌리고는 묘운은 한참을 생각했다. 집 안에 우물이 있는데 왜 동구 밖까지 나가서 물을 길어 와야 하나. 더구나 우물 위에 단나무를 쌓아 놓은 이유는 무엇인가. 묘운은 연신 고개를 기울이며 나무를 안고 부엌으로 들어갔다.

"마당에 우물이 있잖습니까?"

하고 묘운이 물었으나 섭분이 엄마는 못 들은 척 대답이 없다.

"저 우물은 쓰지 않기로 되어 있습니까?"

섭분이 엄마는 그 말대답은 하지 않고

"장작을 쌓아 놓으세요."

섭분이 엄마는 성난 소리로 묘운에게 일러 놓고 저녁 찬거리로 찌개를 만든다. 묘운은 굵은 통나무 장작을 우물 위에 갖다 놓으면서도 연신 고개를 기울었다.

'곡절이 있는 우물이군.'

김장이 지나가자 안에서는 다듬이 소리가 요란하다.

눈이 내리기 시작하고 눈은 또 사흘까지 계속해 왔다. 눈이 그치는 날 그날 밤 달은 만월이었다. 눈이 내린 위에 달이 비친다는 것은 아름다운 경치이기도 하겠지만 흰 눈 위에 앙상한 가지가 길게 음영을 끌고 누운 것은 오싹 소름이 지나가도록 무서움을 자아내기도 한다.

이날 밤 관우는 느지막이 변소를 가고 싶어졌다. 변소와는 반대되는 방향에서 동동 동동 바가지를 두들기는 소리가 나고 여인이 돌아앉아 푸념하는 소리가 난다.

하얀 눈 속에 동굴처럼 뚫린 우물곁에 까만 머리에 꽂힌 은비녀가 음산스러운 광택을 흘리고 있다.

관우는 못 볼 것을 본 것처럼 빠른 걸음으로 자기네 방으로 들어가 버렸다. 그리고 사흘이 지나갔다. 귀퉁이가 이지러진 달이 기왓골 위에 걸렸는데 묘운이 코를 골고 관우는 책을 들여다보고 있었다.

문 밖에서 나지막한 여인의 소리가 들린다.

"손님들 주무세요?"

웃음을 머금은 여인의 목소리는

"저 잠깐만 들어가야겠어요. 드릴 얘기가 있어요."

카랑카랑 하고 부드러운 이 목소리의 주인은 분명 이 집 주부라는 것을 알아낸 관우는 묘운의 옆구리를 힘껏 꼬집고 천천히 영창을 열었다. 하얗게 소복을 한 여인이 소반에 무엇인지 들고 있다. 묘운이가 질겁해서 일어나 앉으며

"드 들어오십시오. 안주인님."

하고 이불을 한쪽 구석으로 처박는다. 여인은 방으로 들어왔다. 수줍은 웃음을 띤 여인의 나이는 서른둘일까 셋일까.

나지막이 쪽을 진 어깨가 착 늘어지고 파르스름한 얇은 입술 사이로 웃을 때마다 보이는 이빨이 까 논 잣알처럼 어여쁘다.

"진작 한 번 나와서 인사를 드린다는 게 주제가 없어 늦었습니다."

몇 날 전 달밤에 보던 이 여인의 머리의 은비녀는 관우의 착각이었든가 지금 호롱불빛 아래서 똑똑히 보이는 비녀는 확실히 나무로 깎은 노

르스름 기름이 밴 비녀다.

"염치없이 몇 달을 묵고 있는 저희는 주제가 너무 넓은 탓인가 봅니다."

관우가 한 다리를 세우며 이런 말로 대꾸를 했다.

"온 천만에 말씀을."

여인을 술병을 들고

"마침 알맞게 익었어요. 두 분 손님께 드리려고 일부러 따로 빚은 약주올시다."

여인이 수줍게 웃고 고개를 탁 숙인 채 잔 두 개에다 남실남실 술을 따른다. 묘운은 한쪽 눈을 수없이 깜빡이며

"이렇게꺼정 인정을 베풀어 주시다니요."

감격에 넘쳐 목소리가 떨린다.

"그런 말씀 마시고 어서 잔이나 비우십시오, 보살님."

여인은 자기네들끼리만 부르는 이름으로 묘운을 불러 놓고 보니 웃음이 나오는지 손바닥으로 입을 가리고 빙긋이 웃는다.

관우는 잠자코 노란 약주 잔을 입에 대었다. 뒷맛이 달큼한 게 꿀을 넣은 모양이다.

"석청 한 방울 떨어뜨렸어요."

하고 여인은 눈을 치켜떠 관우를 흘겨보며 웃는다.

"감홍로[35]라는 게 이런 술인가 봅니다."

하고 관우는 웃지 않고 안주로 문어 다리를 한 개 집는다. 묘운은 잔을

---

35 甘紅露. 지치 뿌리를 꽂고 꿀을 넣어서 밭은 평양 특산의 소주. 맛이 달고 독하며 붉은빛이 남.

꽃과 뱀

어르듯 차마 마시지 못하고

"이런 산읍에서 문어를 구하시려면 힘도 드시겠고 돈도 드시겠지요?"

묘운은 바보처럼 웃고 집어 든 문어를 차마 입에 넣지도 못하고 무거운 듯이 술잔을 들어 입에 댄다. 잔을 비우고

"한 잔 드리겠습니다."

하고 묘운은 두 손으로 술잔을 여인 앞에 내민다.

"오호호 제가 술을 먹어요?"

하면서 찰랑찰랑 넘치는 술잔을 입에 대자 쭉 들이마신다. 관우는 팔짱을 끼고 앉아 입에 든 문어를 질겅질겅 씹는데

"선생님도 한 잔 주셔야지요."

하고 여인은 빈 잔을 관우 앞에 내민다.

"네, 참."

관우는 술병을 집어 천천히 여인의 잔에다 따랐다. 관우가 따르는 술잔을 마저 비우고 여인은 발그스레 상기되는 두 볼을 손바닥으로 만지며

"선생님께 하나 청할 게 있어 왔어요."

"네 무엇이든지 우리 힘으로 될 일이라면."

하고 묘운이가 장담을 한다.

"요새 꿈자리가 사나워 죽겠어요. 돌아가신 시어머니가 밤마다 머리를 풀어 헤치고 제 방으로 들어서지 않아요."

"네?"

묘운이가 눈이 둥그레 졌다.

"우리 집 우물에 빠져 돌아가셨어요. 섭분이 엄마에게 들으셨지요?"

"아뇨 그런 말 들은 일 없어요."

"생각하면 시어머니나 우리 남편이나 다 횡사를 한 셈이야요. 대구 반야월에 커다란 사과 농장을 가지고, 대구에서 양조장을 가지고 직조 공장도 한 개 돌리고 하는 고 주사를 혹 아십니까? 땅딸보 고 주사 ……."

"우린 전연 그런 사람 모르는데요."

"이를테면 그 고 주사가 우리 시어머니와 제 남편을 죽인 거에요."

"저런."

"어머니의 관이 땅으로 들어가자 우리 남편도 그만 피를 쏟고 그 자리에서 꼬꾸라졌어요."

관우의 얼굴이 하얗게 혈색이 물러간다.

여인의 방글방글 웃던 얼굴이 금시로 원한이 서린 독부의 얼굴로 변한다. 위로 찢어진 눈꼬리에서 파란 불이 흘러내리는가 하면 꼭 다문 입술 속에서 바드득 어금니가 갈리는 소리가 난다.

관우는 오싹 소름이 돋았다.

"요사이 갑자기 고 주사란 작자가 눙치기 시작하거든요. 사람이 둘이나 죽고부터는 마음이 편치 않았던지 고 주사가 그만 자리에 누워 버렸대요. 주르르 물이 흐르는 옷을 입은 늙은이가 밤마다 와서 못살게 군다고. 일전에는 그 집 여편네가 찾아와서 굿을 하던지 경을 읽던지 하라고 돈 오십 원을 주고 갔어요. 그리고 이 집은 세를 내고 있어도 좋다고 하지 않아요."

"그래서 뭐라 했지요?"

묘운이가 한쪽 눈을 부릅뜨고 묻는다.

"사람이 둘이 죽었으니 세도 못 내겠고 우리는 언제까지라도 죽은 귀신과 함께 이 집에서 살 테니 집을 비우라든지 세를 내라면 우리 두 남매는 이 집에다 불을 싸 놓고 타 죽어 버린다고 했어요. 타 죽어서 원귀가 돼서 잡아먹겠다고 그렇게 대답을 해 버렸죠."

"남매라니? 남자 동생이 있습니까?"

하고 관우가 물었다.

"우리 시누이가 있지 않아요? 머리 땋은 처녀. 올해 열아홉 살 난 우리 시누이 글쎄 봉채까지 다 받기로 마련됐던 혼담이 슬그머니 파혼이 되어 버렸어요."

"······."

관우는 잠자코 고개를 끄덕인다.

"그래 제가 소원이 하나 있습니다. 내일 말고 모래 고 주사가 우리 집에 옵니다. 최후 담판을 하자는 뜻인데 이쪽에서는 더편네들뿐이거든요. 그날 선생님을 우리 시누님 남편이라고 말을 하그 고 주사 내외와 만나게 하겠어요. 마음에 없으시면 장가는 안 드셔도 좋아요. 단지 그날 고 주사와 좀 맞서서 따끔하게 몇 말씀만 해 주세요. 저는 여편네니까 무슨 소리를 한들 저쪽에서 눈이나 깜짝이겠어요?"

그리고 이틀이 지나갔다. 아침부터 주인 여자의 얼굴에는 새파랗게 독이 올랐다. 관우의 방에는 새로 지은 두루마기와 버선이 나왔다. 옷을 갈아입고 있는데 대문 밖에서 인력거 소리가 난다.

섭분이 엄마가 달려와서 관우를 손짓한다. 관우가 이집 집주인인 듯 대문으로 나갔을 때 인력거에서 내리는 남자는 두꺼운 외투 깃 속에 턱을 묻은 노랑 수염이다. 다음 인력거에서 고동색 모본단 두루마기 앞섶을 쥐고 내려서는 여인은 틀림없는 진화다.

제8회

　진화가 인력거에서 내려서자 휙 하고 바람이 골목으로 불어온다. 불어온 바람은 진화의 발아래서 잔주름을 잡으며 먼지를 몰고 사르르 대문으로 사라진다.

　관우는 오늘 똑똑히 진화가 바람을 몰고 오는 것 같은 인상을 받았다.

　"원로(遠路)에 수고하셨습니다."

　관우가 두 사람 앞에 허리를 굽혔다. 노랑 수염이 한 손으로 모자를 들며

　"오늘은 마음먹고 왔습니다."

하고 빙긋이 웃는다. 초췌한 안색이다.

　"네, 저희들도 기다리고 있습니다."

　관우는 주인의 체통을 세워

　"안방으로 들어가십시다. 괜찮습니다."

하고 앞을 섰다. 안방 그곳은 관우 자신도 오늘 처음 들어가 보는 곳이다.

　이방 장판도 사랑방에 못지않게 꺼멓게 그슬려 있는 것이 오래 묵은 방 같다.

　불은 때서 아래 윗목이 골고루 뜨뜻한데 관우는 노랑 수염을 아랫목 초석 위에 앉히고

"못 뵈었습니다. 저는 민관우라 합니다."

"어, 이 사람은 고경덕이요."

섭분이 엄마가 주안상을 들여 왔다. 관우는 노랑 스염의 잔에 술을 따르고

"드십시오. 안주도 변변치 않습니다만 …… 촌에서 장만한 것이 그저 이렇습니다."

관우는 빈 잔 한 개를 진화 앞으로 내밀어 놓고 주전자를 들었다. 쪼르르 술이 흘러나오는 소리가 개울물 소리 같은 착각이 잠깐 동안 관우의 귓가에 스쳐 갔다.

길게 아래로 바른 관우의 속눈썹이 주전자를 내려놓는 것과 함께 슬쩍 위로 치켜졌다.

눈썹 속에서 환히 광채가 나는 두 개의 눈동자가 진화의 눈과 마주쳤다.

지극히 짧은 일순간이었으나 관우는 이미 진화와 무궁한 정화(情話)를 속삭인 듯 흐뭇이 마음이 즐거웠다.

진화는 눈을 아래로 떨어뜨리고 두루마기 고름을 만지작거리다가 이집 주인 아낙네를 향해

"일전에는 이런 분은 안 계셨는데?"

하고 방긋이 웃는다.

"네, 제 시누님 남편이에요. 바로 며칠 전에 잔칠 했어요."

진화는 관우를 힐끗 노려보고 나서

"대사를 치면 친다고 기별이라도 했어야 우리 같은 사람도 콩나물을 먹으러 오지 않겠어요?"

하고 안주인을 쏘아본다. 한참 만에 진화는 착 눈을 내리 뜨고

"우리 집에도 과년한 딸아이가 하나 있어요. 혼기를 약간 놓친 ……
그런 것도 아니죠. 올해 스물세 살이니까. 쇠버린 처녀는 아닙니다만."
하고 진화는 싱글싱글 웃고 주인을 건너다본다. 관우는 속으로 옥련의
나이 벌써 스물셋이 됐나 싶어 가슴이 뻐근해 왔다.

그때 내운사 절간 동리에서 받은 수놓은 염낭은 묘운의 보따리 속에
아직도 두 개가 참따랗게 들어 있지 않는가.

그때 동리 읍내 옥련이 할머니에게 초청 받아 갔을 때 만나 봤던 진화
보다 오늘은 좀 더 턱 아래 살이 붙고 관자놀이가 둥글어 얼굴의 면적이
넓어진 진화다.

중년을 들어서는 여성미가 진화의 육체를 좀 더 풍만하게 그리고 윤
택하게 만들어 놓았다 생각하고 관우는 스스로 한숨을 쉬었다. 노랑 수
염이 입을 연다.

"그래 오늘은 서로 아주 막말을 하다시피 딱 잘라 판결을 짓자고 온
것인데 …… 이 댁 의견부터 먼저 들어보아야지."
하고 노랑 수염도 쓱 코 아래를 만지고 턱을 쓸어 본다. 관우도 고개를
들고

"모처럼 오셨으니 저들의 의견을 똑똑히 말씀드리겠습니다. 집은 세
를 내지 않고 그대로 있게 해 주십시오. 그리고 팔려 간 땅은 도루 물려
주실 수 없다면 그만한 면적의 토지로 주십시오."

"쉰 마지기를?"

노랑 수염은 눈이 둥그레진다. 관우는 똑똑한 소리로

"그것도 추수를 나눠 가실 생각은 마셔야 합니다. 쉰 마지기 추수가

있어야만 식구들이 일 년을 살아갈 테니까요."

"……."

잠깐 동안 말을 끊고 있던 노랑 수염은 고개를 설레설레 흔들고

"안 될 말, 그렇게 바람벽을 문이라고 떼를 쓴다고 못할 일을 한다고 할까. 집만은 세를 내고 우선 쓰십시오. 그러나 논은 단념하시오."

"네 그렇습니까?"

관우는 이번에는 자기 잔에다 술을 따라 마시고

"그럼 다른 얘기들이나 하십시다."

하고 또 주전자를 기울여 노랑 수염의 잔에다 술을 따르는 것이다.

동요하지 않고 꾹 누르는 관우의 기백에 노랑 수염은 발악하듯 안 돼 안 돼 하며 일어선다.

진화는 남편을 따라 일어섰다. 대문 밖에 기다리고 있는 인력거에 올라타자 관우는 두 사람에게 공손히 인사를 했다.

관우가 다시 얼굴을 들었을 때 인력거 위에서 진화의 눈이 애원하듯 관우를 내려다보고 있다.

살짝 고개를 흔드는 진화의 눈썹 사이에는 일순 안개가 자욱했다. 인력거 채가 들릴 때 진화의 무릎으로 후르르 떨어지는 것이 있다. 눈물이다.

그리고 사흘이 지나갔다. 관우는 편지를 받았다.

'민관우 씨! 반가웠습니다. 참으로 반가웠습니다. 옆에 사람만 없었더라면 난 좀 더 당신과 얘기를 했을 것입니다 …… 지금은 다른 사람의 남편이 되셨다구요? 축하드립니다. 신혼하신 몸으로 틈내기 힘드시겠지만 고경덕 씨(노랑 수염)의 심부름이 있사오니 잠깐 수고를 무릅쓰고

당신이 사시는 동리에서 한 십 리 걸어 나오시면 기차를 타는 정거장이 있습니다. 역전에는 목촌 여관이라는 조그마한 일본 여관이 있을 테니 그리로 와서 조선 부인 손님을 찾으면 내가 나타날 것입니다. 오늘이 초닷새이니 이 편지 보신 후 초아흐레 날 점심나절이 제일 좋겠습니다. 참꽃.'

관우는 편지를 다 읽고 나서 남의 눈에 띄지 않게 하려고 편지를 갈기갈기 찢었다. 찢은 편지를 아궁이에 던졌다.

관우는 역전으로 나갈까 어쩔까 하루 동안 생각에 잠겨 있었다. 이튿날도 그 생각으로 온종일 망설이고 있었다. 드디어 초아흐레 진화가 만나자는 날이 왔다.

'남의 아내가 된 진화다. 단둘이서 여관으로 가서 만난다?'

관우는 고개를 흔들었다.

'못할 일이다.'

관우의 눈앞에는 밤나무 등골을 지고 밤을 밝히던 기억이 어제 일처럼 새로워진다. 토담을 넘어가던 자기를 발견한 진화가 주렴을 착 걷어 올리고 사르르 문을 닫아 버리던 차고 맵던 진화의 얼굴도 눈앞에 나타난다.

관우는 연신 서글프게 웃었다. 두루마기를 떼어 입고 밖으로 나오는 관우는 오늘도 산보할 생각이다.

아침을 먹고 그냥 나온 때문인지 한나절이 되려면 아직도 한참을 기다려야 한다. 관우는 어슬렁어슬렁 동구 밖 논두렁을 걸어간다.

다 걷어 낸 논과 밭의 헐벗은 바닥 위에는 얼음이 깔렸다. 으쓱 춥고 외로운 풍경이다.

관우는 어슬렁어슬렁 걸음을 계속했다. 역전까지 닿을 때 정거장 시계는 열 시를 가리킨다.

목촌 여관은 곧 눈에 띄었다. 진화가 약속한 시간보다 두 시간이나 빠르다. 그러나 관우는 심심도 하고 또 약간 초조한 생각도 있어

"조선 부인이 와 있느냐?"

하고 물어 보았다. 관우의 말이 떨어지기 전에

"이층으로 올라가십시오. 이층에서 기다리고 계십니다."

새파랗게 젊은 일녀가 얼굴에 횟박[36]처럼 분을 바르고 입술에는 봉선화 빛깔의 연지를 칠했다.

관우는 일녀를 따라 이층으로 올라갔다. 밖에서 보는 것과 달라 이층은 다다미 여덟 장 까는 방이 있고 그 다다미는 정갈스럽게 파란 것이다. 일본 비단으로 싼 푸석한 요가 두 개 겹쳐 펼쳐진 위에 진화는 잠깐 잠이 들어 있는 모양이다.

하녀가 나간 뒤 관우는 두루마기 앞섶을 쥐고 조용히 윗목에 주저앉았다. 잠이 들은 줄 알았던 진화는

"일찌감치 와 주셔서 고마워요."

눈을 감은 채 이런 말을 하고 뽀얀 손을 관우의 앞으로 내민다. 보숭보숭하고 따뜻한 진화의 손이 관우의 주먹 속으로 들어가자 진화는 또 한편 손 굵다란 금가락지가 끼워진 손으로 관우의 주먹을 덮고

"꿈같아요."

진화는 실눈을 뜨고

---

36 석회를 되거나 담는 데에 쓰는 됫박.

"……."

"뵙고 싶었어요."

"……."

진화는 관우의 손을 끌어다 따뜻한 자기 뺨에 댄다. 관우는 잠자코 진화를 내려다 볼 뿐 얼굴의 근육 하나 움직이지 않는다.

문 밖에서 일본 하녀의 소리가 들린다.

"차를 가져 왔는데 들어가도 괜찮겠습니까?"

관우가 진화의 손을 놓고 한 걸음 물러나 앉았다. 진화는 유창한 일본말로

"차 들여 와."

일녀가 차와 과자를 담은 쟁반을 내려놓고 나부시 절을 하고 내려갔다. 진화는 누운 채로 찻잔에다 파르스름한 차를 따라 놓고

"그래 어때요? 결혼을 하시니 감상이?"

하며 웃는다.

"무척 좋아요."

하고 관우는 따라 놓은 찻잔을 들지 않고 분홍빛 '모찌'를 한 개 집어 들며

"진화 씨가 느껴 보신 그대로에요."

진화는 배시시 웃고

"난 무척 좋지 않았어요. 도무지 싫었지만 할 수가 있었어요. 관우 씨가 구절사에서 도망을 쳐서 나가 버렸으니 나는 부모를 위하여 결혼을 할밖에 없잖아요?"

진화는 누운 대로 말을 하고 눈을 흘긴다.

"일어나세요. 왜 누워 있는 거요?"

하고 관우가 못 마땅한 표정이다. 진화는 손바닥으로 이마를 쓸고

"한 사날 밥을 먹지 않았더니 기운이 빠져서 그래요."

"……."

진화는 한 손을 집고 일어나 앉아 이불로 다리를 가리고 치마를 졸라맨다. 관우는 입을 꾹 다물고 앉았다가

"밥은 왜 사흘이나 굶으셨나요?"

하고 모찌 한 개를 다 먹고 난 손바닥을 탁탁 턴다. 진화는 배시시 웃고

"관우씰 위해서 그랬어요. 그 집으로 장가를 드신 모양인데 아들 없는 집이면 외손 봉제사도 할 것 아니요? 집도 없고 논도 없이 어떻게 살아갈래요? 그래서 내가 영감께 졸랐지 뭐요. 좋은 일을 해야 복을 받는다고."

"……."

"영감은 쥐면 놓을 줄 모르는 성미에요. 그래 난 우리 호남이를 잘 기르자면 남에게 적악(積惡)하지 않고 악담 듣지 않아야 된다고."

"호남이가 누구지요?"

관우의 입술에 조롱 같은 웃음이 떠오른다.

"내 아들이지요. 올해 여섯 살 …… 난 그것 하나밖에 낳지 못했어요. 오십이 넘은 영감에게도 아들 하나뿐이요."

"……."

관우는 잠자코 또 모찌 하나를 집어 든다.

"우리 호남이를 가지고 말을 해도 듣지 않는 영감이 아니요? 나는 숫제 죽어 버리는 것이 옳다 싶었어요. 지긋지긋 보기 싫은 생각이 나서 정말 죽으려고 사흘을 내리 굶었더니 영감이 하는 말이 우리 친정에 주

었던 논 오십 마지기의 소출물을 털어 '무릇'으로 보내라고 하는 것 아
냐요?"

진화는 신이 나서

"소출만 해마다 털어 가고 논을 팔지 말아야 한 대요. 그리고 집도 세
를 내지 않아도 좋게 됐어요. 단지 다른 데 팔지 않아야 된다는 거랍니
다."

진화는 진정 기뻐서 어린애처럼 환히 웃는다. 관우는 심각한 얼굴로

"고맙습니다. 진화 씨 당신은 여전히 나를 사랑하시는군요. 난 당신
을 잊어버리려고 애를 쓰는데."

진화는 고개를 흔들고

"사랑하니까 괴로우니까 잊어버리려는 거지요? 난 잘 알아요. 당신
의 마음."

진화의 속눈썹이 촉촉이 젖어 온다. 관우는 커다랗게 한숨을 쉬고

"진화 씨!"

하고 불렀다. 진화는 눈물어린 눈으로 관우를 쳐다본다.

"난 아직 총각이에요. 장가든 일 없어요. 앞으로도 들지 않을 겁니다.
내 마음에는 항시 진화 씨가 살고 있으니까 도리 없어요."

진화는 눈을 똑바로 뜨고

"못 믿겠어요, 그런 말. 삼 년 전에는 우리 옥련이에게 장가들 뻔하지
않았어요? 사내란 공연히 엄살만 부리면 되는 줄 아나 봐."

관우는 얼굴이 살짝 붉어졌다. 잠깐 동안 방 안에는 어색한 침묵이
흘러갔다. 진화는 차를 들어 한 모금 홀짝 마시고

"장가들지 않았거든 지금 드세요. 그 집 처녀 괜찮습니다. 나도 봤는

데 얌전하더군요 …… 집과 논은 전부 관우 씨 앞으로 내 참따랗게 이전을 해 둘 테니 장가가서 아들 낳고 남처럼 살아 봐요."

"……"

진화는 뱅글뱅글 웃으며

"공연히 죽는 척하고 엄살을 부려도 난 다 알고 있어요. 장가갈 마음이 있기에 주인인 척 그 집 사위인 척하고 대문까지 나와서 우리를 영접한 것 아녀요? 뜻밖에도 내가 나타나니까 괜히 '센치'해져서 그러시지만 소용없어요. 현실이란 꿈은 아닙니다."

진화의 말소리는 어머니처럼 권위가 있다. 관우는 조용한 음성으로

"주인집의 청탁으로 그 집 사위인 척하고 손님을 맞이한 것뿐이지 장가 갈 마음은 없어요."

진화는 눈썹을 찌푸리고

"그러지 마시라니까. 나는 우리 집 장독대 위에 새벽마다 정한 물 두 그릇을 떠놓아요. 하나는 우리 호남이 다른 하나는 관우 씨."

"……"

관우의 속눈썹이 바쁘게 깜짝거려진다. 관우는 두 손을 내밀어 진화의 손을 하나씩 잡고

"진화 씨 당신은 여전히 관세음보살입니다."

하고 살며시 손을 놓고 일어선다.

"왜 벌써 가세요? 이제 점심상이 올라 올 텐데."

"그래도 난 가 봐야겠어요."

진화는 관우의 뒤로 가서 관우의 어깨에 얼굴을 싣고

"점심 진지 잡숫고 가세요 네?"

그 순간 창밖에는 맹렬한 바람이 있어 창문의 풍지가 귀신의 울음소리처럼 처참하게 운다.

관우는 핑그르르 또 현기증이 중추를 후려갈기는 것을 느끼고 진화가 누웠던 이불로 가서 쓰러진다.

모시 빛으로 혈색이 물러간 관우의 얼굴이다.

"왜 이러세요? 관우 씨 정신 차리세요."

진화는 관우의 어깨를 흔들었다. 그 순간 관우는 두 팔로 진화의 허리를 넌지시 안았다.

진화도 두 팔로 관우의 가슴을 끌어안았다. 가늘고 여윈 관우의 가슴이다. 한참 만에 관우는 눈을 뜨고 진화의 정수리를 내려다보았다.

갑자기 어떤 무서운 것이나 본 듯 관우는 진화를 이불 위에 뿌리치고 문을 열고 나와 버렸다.

점심상을 들고 올라오던 하녀가 한쪽으로 비켜서며

"아이고 깜짝야."

하고 소리를 친다. 관우는 도망꾼처럼 빨리 빨리 걸음을 옮겼다.

인간으로서의 가장 첨단적 쾌락이 뱀의 대가리처럼 중추를 물어 찢으려 할 때 관우는 있는 힘을 다하여 본능의 유혹과 싸운 것이다. 싸워서 이긴 것이다.

회나무 아래까지 왔다. 돌아보니 정거장은 까마득하다. 기차가 떠나는지 멀리 시커먼 연기가 푹푹 솟구쳐 오른다.

관우는 후줄근히 힘이 빠져 자기가 거처하는 사랑방으로 들어갔다. 묘운이가 장작을 패다가

"자네 어디 갔댔어?"

하고 한쪽 눈을 크게 뜬다.

"바람 쐬고 왔네."

관우는 영창문 안에서 간단히 대답을 했다. 그리고 닷새가 지나갔다.

나락을 실은 소 구루마들이 관우가 거처하고 있는 집골목으로 들어온다.

금년 추수로 진화가 받아 낸 나락 백 섬이다. 진화의 친정 양친은 그 사이 별세하고 진화의 동생 동식이는 동경으로 유학을 가고 진화 친정에서 경작하던 논 쉰 마지기가 명실 함께 관우에게로 온 것이다.

이날 진화는 친정 동식의 학비를 위해 과수원 한 자리와 논 쉰 마지기를 따로 얻어 냈다.

그리고 스무 날이 지나 관우는 이 집 주부의 시누이 되는 처녀와 약혼이 성립됐다. 진화가 추진을 시킨 것이다.

사주단자며 택일이며 납채의 형식이 갖추어졌다. 안방에서 잔치 준비로 다듬이 소리가 요란한 어느 날, 관우에게는 혼인 축하의 선물이 배달되어 왔다.

진화가 보낸 것이다. 네모진 납작한 것은 풀어 보기 전에도 그림이란 것을 알 수 있다.

관우가 장지를 벗겨 냈다. 순간 관우는 황홀한 듯 망연히 앉아 있다. 그 옛날 진화가 관우를 모델로 그린 꽃과 뱀이다.

꼬리를 진달래 덤불 속에 묻고 상반신은 관우의 허리에 감고 주둥이가 관우의 턱 밑으로 와서 빨간 바늘 같은 혓바닥을 날름거리고 있는 뱀의 그림이다.

관우는 언제까지나 그림을 들여다보고 앉았다. 해가 져서 묘운이가 방으로 들어왔다.

"뭘 그렇게 보고 있어?"

묘운은 무심코 관우의 어깨 너머로 고개를 내밀어 보았다.

"앗?"

묘운은 뒤로 물러서며

"아니 이게 뭐야?"

어둑스레 황혼이 스며드는 방에 젊은 중의 몸을 틀어 감고 있는 뱀은 방금 방바닥으로 스르르 풀려 나온 것도 같다.

"……."

관우는 잠자코 그림을 벽으로 돌려놓았다. 진화가 정열을 쏟아 그린 이 그림 한 폭은 관우의 평생을 지배하는 사랑의 약도라 해도 좋고 천애의 고아로 유리하는 관우 자신의 운명의 거울이라 해도 좋다.

잔칫날이 왔다. 마당 가운데에 차일³⁷을 높이 치고 차일 아래는 돌아가며 멍석을 깔고 멍석 위에는 초석을 폈다.

진화는 노랑 수염과 함께 와서 잔치에 참례했다.

사모 관대한 신랑이 화관족두리를 쓴 신부와 청실홍실을 늘어뜨릴 때 묘운은 한쪽 눈을 수없이 깜빡거리다가 기어이 소매 끝을 눈에 대고야 말았다.

해가 기울고 많은 손님은 돌아갔다. 유난히 달이 밝아 신방 영창에는 담 아래 대 그림자가 묵화처럼 머문다. 단지 마루에 놓인 두루 모퉁이가 관(棺)의 한끝처럼 으쓱 소름이 끼치는 밤이다.

---

37 햇볕을 가리기 위하여 치는 포장.

관우가 신방으로 들어갈 시각이 되었다. 화관족두리를 쓰고 아랫목에 참따랗게 앉아 있는 신부의 얼굴빛은 양편 뺨에 연지를 발랐는데도 파랗게만 보인다.

깔깔한 뺨 위에는 오소소 소름이 돋친 듯 다소곳이 수그리고 있는 신부의 어깨가 가늘게 떨리는 것은 초야의 공포 때문인지? 관우는 공포에 가깝도록 수줍어하는 신부가 함빡 사랑스러웠다.

그는 이 밤 처녀의 비밀을 마음껏 폭로할 수 있는 특권을 황홀한 심경으로 향락해도 좋다.

관우는 신부의 족두리를 벗기려 손을 내밀었다. 신부는 흠칫 어깨를 추석이고 싹 돌아앉는다.

부끄럽다기보다도 차라리 성난 얼굴이다. 관우는 주안상에서 술병을 내려 자작으로 술을 따라 거푸 두 잔을 마셨다.

술을 마시고 안주로 밥을 씹는 신랑을 곁눈으로 흘려 보는 신부는 등어리로 지나가는 찬 소름을 감각하고 벽으로 가서 착 붙어 앉았다.

바로 어제 오후다. 관우가 이발하러 나간 사이 섭분이 엄마가 처녀를 손짓해서 관우 방으로 들어갔다. 섭분이 엄마가 넌지시 내미는 그림.

기둥 가래 같은 뱀이 관우의 몸을 칭칭 감고 있는 것이 끔찍해서 신발도 신지 않고 마당으로 뛰어 나갔던 것이다. 끔찍한 생각을 잊으려 하면 할수록 오늘 대례청에 나타난 신랑의 몸뚱이에는 어제 보던 뱀이 칭칭 감겨 있는 것만 같다. 뱀을 감고 있는 중의 얼굴이 신랑의 얼굴을 흡사 닮은 때문이다.

지금 고의적삼을 입고 앉아 술을 마시는 신랑의 몸뚱이에는 반드시 뱀이 서리고 있을 것이 아닌가?

밤은 깊어 간다. 신부는 벽을 향해 앉았고 신랑은 요 위에 누웠다. 관우는 세 번째 신부의 족두리를 벗기려 하였으나 신부는 눈을 뜨고 질겁해서 돌아앉는 데는 관우도 흥이 사라졌다.

두 번째 주안상에서 술병을 내려 병째로 술을 마시고 관우는 혼곤히 잠이 들었다.

창을 치고 지나가는 바람 소리에 관우가 소스라쳐 눈을 떴을 때 신부는 벽에다 얼굴을 처박고 앉아 있다.

신부는 곤해서 조는 것이다. 관우는 슬그머니 신부의 머리에서 화관을 벗겨 냈다. 이번에는 반항이 없었다.

두 팔로 신부의 상체를 안아 가만히 요 위에 눕혔다.

신부의 잠은 너무도 깊이 든 것이 아닌가. 저고리 고름을 끄르던 관우는 갑자기 커다랗게 눈을 떴다. 자는 듯 눈을 감고 있는 신부의 호흡이 없다.

제9회

잠이 든 줄로만 알았던 신부가 숨이 끊어져 있다는 사실은 새 신랑인 관우에게는 믿지 못할 사실이었다.

'내가 술이 취했나?'

관우는 눈을 바짝 뜨고 신부의 얼굴을 들여다본다. 손바닥을 신부의 코 아래 들이댔다. 흔들고 일으키고 마지막엔 손바닥으로 찰싹 신부의 파르스름한 뺨을 갈겨 보았으나 여전히 아무런 기척이 없다.

관우는 부르르 떨리는 손을 신부의 가슴에 넣어 보았다. 아직도 온기는 있다.

관우는 손 빨리 신부의 노랑 저고리에 달린 자주 고름을 끌렀다. 받쳐 입은 분홍 저고리의 고름도 풀었다.

순간 관우의 눈이 커다랗게 열렸다. 관우는 몇 번이나 눈을 서먹서먹하고 신부의 가슴을 내려다보고 앉았다.

봉곳이 솟아오른 유방을 걸쳐 불긋불긋 비늘 같은 혈반[38]이 돋쳐 있는가 하면 그 혈반은 큰 구렁이의 몸뚱어리 넓이로 비늘 같은 무늬가 박혀져 있는 것이다.

---

38 피부에 검보랏빛 얼룩점이 생기는 내출혈.

희한하게도 구렁이의 무늬는 젖가슴을 비스듬히 지나 어깨를 넘어갔다. 관우는 뱀의 무늬를 따라 저고리를 벗겨 보았다. 어깨를 감은 뱀의 무늬는 신부의 왼편 귀 밑에서 끝이 났다.

마치 진화에게서 선물로 받은 그림 '꽃과 뱀'에서 중의 몸에 구렁이가 감겨 있는 포즈와 비슷하다.

'아아.'

관우는 눈을 감고 팔짱을 끼었다. 시간이 얼마나 지났는지 닭이 홰를 치는 소리가 들린다.

관우는 신부의 옷매무새를 고쳐 입히고 베개 위에 올려놓았다. 관우는 병풍 한 끝을 당겨 신부의 몸을 가려 두고 마루로 나왔다.

달은 여전히 밝고 달이 밝은 대로 그림자는 짙은 먹으로 그린 듯 진하게 서려 있다.

장독대의 그림자는 거인의 머리통이 누워 있는 것과 방불하다. 잎사귀가 떨어져 나간 오동나무의 가지들은 굵고 가는 뱀들이 엉키어 누운 것과도 같다.

오늘 저녁 유난히 커다란 아가리를 벌리고 있는 우물에서 관우는 눈을 돌리고 건넌방 마루를 지나

"섭분이 엄마."

하고 불렀다. 방안에서는 종일 피로한 아낙네들의 코고는 소리가 한참을 계속한다.

"섭분이 엄마."

두 번째 관우가 부르는 소리에 건넌방에서 자던 안주인이 문을 연다.

"왜 그러세요? 새 신랑이."

하고 빙긋 웃고

"냉수 찾으세요?"

하고 신발을 신는다.

"저기 좀 들어가 보십시오."

"왜 그러세요?"

안주인의 눈이 둥그레진다.

"글쎄 들어가 보시면 아십니다."

이야기 소리에 섭분이 엄마도 잠이 깨어 밖으로 나오며

"얼씨구 새 신랑님이, 히히히."

하고 놀려댈 차부를 한다. 관우는 웃지 않고

"안방에 좀 들어가 보세요."

하고 팔짱을 낀 채 어슬렁어슬렁 마당을 거닌다.

"아이고 큰일 났네."

섭분이 엄마가 비명을 지르고 마루로 뛰어 나오며

"다 나오소. 다 일어나소. 큰일 났구매."

하고 소리소리 지르는 바람에 사랑방에 자던 남자 손님들까지 모두 눈을 부비며 대청으로 올라온다.

"아니 신부가? 살을 맞았구나. 허 날을 잘못 받았구나."

하고 탄식하는 할아버지가 있고 중년 남자 하나는 자신 있는 듯이 주머니에서 동침[39]을 한 개 끄집어내며

"사관[40]을 통해야지."

---

39 한의학에서 병을 치료하는 데 쓰는 가늘고 긴 침.
40 양쪽의 팔꿈치와 무릎 관절을 통틀어 이르는 말.

하고 머리에다 쓱쓱 침 끝을 문지르며 신부가 누워 있는 방으로 들어간다.

안주인과 섭분이 엄마는 신부의 가슴을 열어 보고서 소리도 지르지 못했다. 섭분이 엄마가 떨면서

"뱀에게 물려 죽었구매."

하고 방을 뛰쳐나온다. 신부는 잠옷을 입고 화관족두리를 쓰고 관속으로 들어갔다.

굴건제복을 한 관우가 꽃상여 뒤로 따라갔다. 신부의 관이 땅속으로 들어갈 때 관우의 뺨이 번지르르 눈물에 젖었다.

어디서 소문이 났는지 색시가 첫날밤에 뱀에게 물려 죽었다는 말이 동리 사람들의 입에서 입을 전하여 왔다. 이 소문은 동리 사람들에게 호기심보다도 공포심을 자아냈다.

어느덧 '무릇골' 기와집은 흉가라는 낙인이 박혀지고 말았다. 늙은이가 물에 빠져 죽고 어머니 묘판에서 아들이 쓰러져 죽고 이제 시집간 막내딸이 첫날밤에 뱀에게 물려 죽고.

겨울이 가고 봄철이 돌아왔건만 송굿떡 장수도 이집에는 오지 않고 산나물을 팔러 다니는 계집애도 지나쳐 버린다.

봄철이 무르녹아 초여름이 접어들고 살구며 복숭아의 철이 왔건만 과일 파는 할머니도 얼씬을 하지 않았다.

아침부터 저녁까지 대문은 닫혀진 채 묘운이가 물 지개를 지고 밖으로 두어 번 드나들 뿐 진종일 이 집을 찾는 사람은 없다.

장마철이 닥쳐왔다. 여러 날 비가 내리다가 잠깐 개인 어느 오후, 관우는 묘운의 권하는 대로 채롱과 낚시를 들고 나섰다.

뒷도랑…… 도랑이라 하기에는 물이 많고 웅덩이라 하기에는 물살이 제법 잔주름을 잡는다.

묘운은 고기 낚는 것이 취미가 아니지만 진종일 처박혀 있는 관우에게 이런 재미라도 붙여 줄까 하고 낚시에다 밥알을 물려준다.

낚싯대는 거의 실수 없이 생선을 물어 올린다. 손바닥만큼씩 한 붕어며 비늘이 푸른 은어까지 채롱에 가득 찼을 때는 너울너울 해가 넘어갔다.

해가 지면서 또 바람이 일고 빗방울도 뚝뚝 떨어진다. 관우는 묘운의 독촉대로 낚싯대를 들고 일어섰다.

집으로 들어설 때 대문 안에서 서성거리는 소리가 제법 높다. 섭분이 엄마가 허탈증에 빠진 소리로

"아니 어쩌면 좋구매. 내사 모르는구매."

하고 광으로 들어갔다가 나오면서 길쭉한 막대를 집어다 안주인의 손에 쥐어 준다.

안주인은 들고 있던 귀를 훌쩍 던지고 막대를 집어 들고 사랑방으로 들어가려 하다가 관우와 묘운이 들어오는 것을 보고

"큰일 났어요. 저 방 좀 들여다보세요."

하고 눈을 홉뜨는 안주인의 입에는 허연 거품이 물려 있다.

"왜들 그러십니까?"

묘운이가 앞을 서서 방으로 고개를 들이밀고 관우도 뒤따라 넌지시 방 속을 굽어보았다.

"……."

맷방석[41]까지는 아니나 확실히 서말찌[42] 솥뚜껑 어관으로 똬리를 틀

고 있는 뱀이 바늘 같은 혀를 날름거리고 있지 않는가.

묘운은 합장을 하고 주문을 외기 시작하는데 관우는 처마 아래 달린 마른 약쑥 한 줌을 쑥 뽑아 들고

"사발에 재 좀 담아 와요."

하고 섭분이 엄마에게 명령을 했다.

관우는 쑥을 쓱쓱 비벼 불을 붙여 사발에 담았다. 뿌연 연기가 서리는 사발을 방 한가운데 들이밀고 방문을 닷분쯤 남기고 닫아 버렸다.

이윽고 연기에 못 견디었던지 뱀은 좁다란 문틈으로 대가리를 내민다.

섭분이 엄마는 벌벌 떨면서 부엌으로 들어가고 안주인도 얼굴이 하얗게 질려 안방으로 뛰어 들어가 문을 닫아 버렸다.

장정 한 발이 훨씬 넘는 뱀은 마당으로 스르르 기어 나와 사랑방 뒷담으로 가더니 구멍으로 들어가 버린다.

담 구멍에서 꼬리를 서너 치 남겨 두고 한참을 바르르 떨다가 꼬리마저 쑥 들어가 버렸다.

섭분이 엄마의 설명을 듣는다면 장마를 지난 이부자리 잇이며 빨래가지를 찾아내려고 괴목으로 짠 궤짝 위에 얹힌 이불을 들어냈을 때 묵직하면서 꿈틀하는 것이 있어 이불을 방바닥에 동댕이쳤다 한다. 그랬더니 뱀은 방바닥으로 스르르 기어 내려와 아랫목에서 똬리를 틀었다는 것이다.

---

41 흔히 매통이나 맷돌 아래에 깔아서 갈려 나오는 곡물을 받는 데 쓰며, 콩·팥 따위의 곡물을 널어 말리거나 담아 두기도 하고 방석으로도 씀.
42 아주 큰 대형 가마솥을 부르는 말.

"이불 위에?"

묘운이가 소리를 치고 어깨를 흠칫하더니

"어디?"

하고 이부자리를 털어 보고 궤짝도 앞으로 당겨 냈다. 그러나 다른 뱀
은 나오지 않았다.

관우가 궤짝 뒤에서 집어내는 것이 있다. '꽃과 뱀'의 그림이다. 묘운
이가 징그럽다고 궤짝 뒤에 감춰 두었던 것이다.

희한하게도 그림 속의 뱀은 장마 통에 퇴색이 되어 있다. 뿌옇게 색
깔이 변한 뱀은 알맹이가 빠져나간 뱀의 허물같이도 보였다.

묘운은 으쓱 소름을 느끼며

"이 그림에서 나온 뱀이 아냐? 아까 그게."

"아무리."

관우는 피식 웃고

"장마 통에 습기를 받아 그림의 빛깔이 변한 거야. 그리고 뱀이란 산
짐승이 어디를 못 다녀? 못난 소리 작작해."

관우는 점잖게 말을 맺었으나 묘운은 고개를 흔들고

"이 사람아 이 그림 태워 버리세. 이런 게 있으니까 그런 짐승도 찾아
들어오는 거야."

관우는 당치 않다는 듯이 감나무 궤를 열고 그림을 속에 넣고 절그렁
쇠통을 걸어 버린다.

여름이 지나고 가을이 찾아왔다. 청옥을 펼친 듯 하늘이 한없이 푸른
가 하면 산봉우리들은 씻은 듯 맑게 솟아나고 가까운 산 변두리에는 단
풍이 타오르기 시작한다.

어느 날 아침, 관우는 그의 적삼 한 벌을 보따리에 싸서 들고

"가세."

하고 일어선다.

"가다니?"

하고 묘운이가 한쪽 눈을 동그랗게 뜬다.

"가네."

관우는 꼭 한마디 하고 괴나리봇짐도 아닌 작은 보따리를 들고 대문으로 나간다.

묘운은 부엌으로 뛰어 들어가서

"섭분이 어머니, 우린 또 잠깐 다녀올 데가 있어서 며칠 후에 돌아 올 테니 잘 계시오."

하고 안방 마루 앞으로 가서

"안주인댁 부인께 여쭈고 떠나갑니다."

하고 방문이 열리기를 기다렸으나 안방에서는 아무런 기척이 없다.

"새벽 밥 먹고 읍내 장에 갔심더."

하고 섭분 엄마의 설명이다.

"그럼 며칠 있다 돌아오리다."

"이 크나큰 집에 내 혼자 남아 있는 거 아잉기요?"

하고 섭분이 엄마의 목소리가 처량하게 들린다. 묘운은 이날처럼 관우가 밉고 괘씸한 날은 없었다.

묘운은 대문으로 턱을 끄덕 치키며

"저 홀아비가 요새 부쩍 울화가 치미는 모양이니 내 며칠 바람 쏘여 주고 데리고 올게요."

섭분이 엄마는 고개를 끄덕이고 부엌으로 들어가더니 어젯밤 고사 지낸 떡을 시루 채 부어 베수건에 싸서 묘운의 손에 들려준다.

×   ×   ×

오랜 세월이 흘러갔다.

경상도 통도사며 해인사며 표충사며 금강산 유점사며 멀리 함경도 석왕사까지 팔도강산의 절간을 골고루 순례하는 동안 칠 년의 날과 달이 지나갔다.

관우의 양편 볼이 훌쩍 들어가고 앙상한 관골이 좀 더 튀어나온 것은 본래부터 병골인데다가 이제는 나이 사십이 되고 보니 청춘의 혈맥도 말라 들어가는 모양이다.

근심과 병고에 시달리는 관우에게는 남보다 쉽게 인생의 황혼이 찾아온 모양이다.

"돌아갈까?"

지리산 쌍계사를 나오며 관우가 한마디 하고 피식 웃는다.

"돌아가다니?"

묘운이가 짐짓 딴청을 댔다.

"집으로 가잔 말일세."

"집이 있나? 자넨."

하고 묘운이가 퉁명스럽게 물었다.

"있지 않고. 대구 아래 경산 '무릇골' 기와집 자네 잊어버렸나? 섭분이 엄마가 자넬 기다리고 있을 걸세."

"치."

묘운은 고개를 돌렸으나 서러움 같기도 하고 즐거움 같기도 한 감정이 묘운의 가슴을 설레게 한다.

"그새 노랑 수염이 팔아 갔는지 아나? 집이랑 논이랑 ……."

"그럴 리가 있을라구."

"이왕 가려면 좀 일찍 서둘 것을."

하고 묘운이가 한쪽 눈을 흘겼으나 가슴 속에는 흐뭇한 즐거움을 감추지 못하는 듯 온종일 싱글벙글 웃고만 있다.

삼랑진역에서 내려 하루를 묵고 이튿날 경산까지 왔다. 경산과 고모 사이 산 변두리 적은 마을이 '무릇골'이다.

멀리서도 동리 어구에 서 있는 늙은 회나무가 보인다. 그 옆에 여남은 걸음 떨어져 느티나무도 한 그루 풍성한 잎사귀를 거느리고 서 있다.

여기저기 단풍이 무르녹은 사이로 새로 이은 지붕들이 한결 정답다. '무릇골' 동리로 들어서자 관우는 가슴이 뭉클하여졌다.

단 하루 저녁 아내로서의 인연을 맺어 주었을 뿐 포옹도 못 해본 어린 아내 돌순이가 가슴 속에서 살아나는 것이다.

터벅터벅 걸어가는 발길에 차이는 조약돌 어느 하나에 돌순의 혼령이 붙어 있는 듯 조심조심 발걸음을 옮기는 관우의 뺨 위로 핑그르르 뜨거운 눈물이 흘러내린다.

자기 집 대문을 향해서 골목으로 들어갈 때다. 어슴푸레 그늘진 울타리 아래 시들어 빠진 박 넝쿨 사이에서 반짝하는 푸른 광채가 두 개 이쪽을 쏘아본다.

가까이 가서 보니 새까만 고양이 한 마리가 무엇인지 맛있게 먹다가 사람이 오는 것이 마음에 맞지 않는 모양이다. 빨간 혀끝으로 몇 번이나 아가리를 닦고 슬쩍 담을 넘어 가 버린다. 고양이가 먹고 있는 것, 허연 포대기가 길가에 삐죽 내밀린 채 속에서 색색 하는 소리가 들린다.

관우는 허리를 굽혀 포대기를 들쳤다. 낳은 지 불과 며칠, 아니 몇 시간 안 되는 간난 아기가 눈을 꼭 감고 색색 울고 있다.

얼마나 기진하였던지 우는 소리가 천만[43] 들린 늙은이의 숨소리 같지 않은가. 벌써 고양이가 베어 먹고 가 버린 아이의 귀는 몽창 한 개가 없어진 채 빨간 피가 작은 뺨에 흥건히 고인다.

"츳 츳."

관우는 혀를 차고 포대기를 집어 안았다.

"자네 어쩌려고 그걸 안는가?"

"그럼 살생할 텐가?"

관우는 색색 우는 아이를 추석거리며 자기 집 대문 앞으로 왔다. 대문은 닫혀 있으나 빗장은 걸리지 않았다.

"섭분이 엄마."

묘운이가 제일 먼저 부른 소리다.

"섭분이 엄마."

묘운이가 두 번 불러도 그 팡파짐한 낮은 콧등에 주름을 잡으며 웃고 나설 섭분이 엄마가 눈에 띄지 않는다.

안방에서 쿨럭쿨럭 기침소리가 나더니 문이 배시시 열린다. 뼈만 앙상하게 남은 여인이 머리를 절반 풀어 헤친 채

"이거 누구요?"

하고 숨찬 소리로 부르짖는다.

"안주인님 왜 어디가 편찮으세요?"

묘운이가 합장하며 허리를 굽힌다.

"네 어서들 들어오세요. 민 서방께서도 제법 늙으셨군요."

안주인은 남편의 병을 기어이 물려받는 모양이다.

관우가 안고 있는 포대기를 힐긋 돌아보고 빙긋이 웃고

"그것 안 첨지네 울타리 밑에서 주셨지요? 내가 버린 겁니다."

하고 빙글빙글 웃는다. 묘운은 관우의 옆구리를 꾹 찌르는 것이 안주인은 제정신이 아니라는 것을 암시하는 것이다.

관우는 목소리를 점잖게

"섭분이 엄마는 어디 갔습니까?"

하고 물었다.

"그것도 내가 내다 버렸지요."

하고 귀찮은 듯이 문을 팩 닫아 버리더니

"흥 작은 아가씨는 좋겠군. 서방님이 돌아 왔으니."

하고 까르르 웃는다. 관우의 팔에 있는 어린 것도 빽빽 우는 소리가 좀 더 높아 간다.

안방에서 광녀의 웃음소리가 울음으로 변하여 가는데 섭분이 엄마가 채찍인 듯 나뭇가지를 몇 개 손에 쥐고 들어온다.

두 사람을 보자 질겁해서 반색을 하고

"며칠 만에 오신다더니 그래 일곱 해 만에 …… 와이구."

섭분이 엄마는 손에 들었던 나뭇가지를 마루 끝에 내려놓고

"복사나무 가지에요."

하고 안방을 눈으로 가리키고 부엌으로 들어간다.

묘운은 그제야 힘이 났는지 나무를 한 아름 안아다 사랑방에 지피고 방도 쓸어 댔다.

섭분이 엄마가 저녁상을 들고 나왔을 때 관우는 애기를 위해서 암죽을 만들라 하였다.

"길에서 주셨지요? 우리 골목에서 …… 아침나절부터 포대기에 쌓여 있는 것을 보았지만 에미가 풍병을 앓다가 죽었어요. 그래서 동리 사람들도 손을 안대는 거에요."

묘운이가 한쪽 눈을 부릅뜨고

"자네 문둥이 자식 길러서 어쩔 셈이야?"

"……."

관우는 우선 미지근한 숭늉을 애기 입에 서너 방울 떨어뜨려 넣고

"말짱한 에미 아비가 낳은 자식도 문둥이 되는 것은 무슨 까닭이냐? 문둥이가 되든지 무엇이 되든지 산 생명을 어떻게 길바닥에 버리고 돌아설 수 있나?"

섭분이 엄마가 끓인 암죽을 받아먹고 애기는 소록소록 잠이 들었다. 관우는 애기 이름을 '노석'이라 했다. 돌멩이처럼 길에서 주웠다는 것이다.

노석은 관우의 아들이 되어 관우의 요에서 눕고 자고. 날이 갈수록 아이는 방글방글 웃는다.

관우는 비로소 어버이로서의 자애심이 어떤 것인가를 알게 되었다.

어느 날 노석이가 신열이 있어 관우는 늦도록 아이를 추석거리다가

새벽에야 아이와 함께 어렴풋이 잠이 들었다.

갑자기 여인의 웃음소리가 들린다.

"호호호 호호호."

으쓱 소름이 끼치는 기분 나쁜 웃음소리는 또 이집 안주인 관우의 처남의 아내가 발작을 하는 모양이다.

"섭분이 엄마."

관우는 처남의 댁을 안방으로 들여보내려고 마당으로 내려섰을 때 벌써 안주인은 우물을 덮어 놓았던 장작을 말짱히 들어내고 쾡 뚫어진 우물 아가리를 들여다보고 섰다.

"들어가시지요. 바람이 찬데요."

하고 관우가 여인의 곁으로 두어 걸음 걸어갔을 때

"어머니가 부르시는 구매. 나는 가는고마."

여인은 히쭉 웃고 우물로 뛰어 들어갔다.

제10회

여인이 우물에 빠지는 것과 거의 같은 시각에 관우가 우물로 쫓아갔다.

그러나 때는 이미 늦었다. 여인의 머리가 두 번 솟구쳐 오르는 것이 보였으나 관우의 손이 자라지는 못 했다.

"여봐. 묘운, 묘운 큰일 났어."

하고 사랑방을 향해 소리를 치면서 간짓대[44]를 찾아 들고 우물로 갔을 때 여인의 머리는 다시 보이지 않았다.

시커먼 우물의 아가리에는 기분 나쁜 침묵이 있을 뿐이다. 섭분이 엄마며 묘운이며 모두 뛰쳐나왔으나 결국 시체는 사람들이 우물을 다 퍼내고서야 건지게 되었다.

섭분이 엄마가 울며 하는 말이었다. 안주인이 미치기는 지난 봄부터였다. 해마다 가을이 되어 타작을 해서 곡식을 가져와야 할 때, 무슨 까닭인지 노랑 수염은 곡식을 내어놓지 않는 것이었다.

주인인 민관우가 돌아올 동안 곡식을 보관하여 두겠다는 것이 가장 큰 구실이었다.

---

44 대나무로 된 긴 장대.

"그럼 그동안 우린 굶어 죽으란 말이요?"

하고 안주인이 노랑 수염의 아내인 진화를 찾아가서 담판을 몇 차례 한 뒤에야 나락이 몇 섬씩 오곤 하는 것이었다.

어느 날 그날은 장날이었다. 안주인이 노랑 수염과 만나고 왔다는 것이 섭분이 엄마의 눈에는 이상스럽게 보였다.

그날 달리 벌겋게 술이 취했는가 하면 옷매무새가 여물지 못한 것이 전에 보지 못하던 모습이다.

그뿐만 아니다. 술이 취한 안주인은 그날 밤 늦도록 자지 않고 노래를 불렀다.

"사람이 살면 몇 백 년 살겠나. 살아생전에 아니 놀던 못하리라……."

남도 육자배기를 서투른 곡조로 뽑다가 아무렇게나 쓰러져 드르릉 드르릉 코를 고는 것이었다.

그리고 한 달 가량이나 지났을까 안주인은 또 술이 곤드레가 되어 돌아왔다.

"낙양성 십 리 터에 높고 낮은 저 무덤."

안주인은 진양조를 뽑으며 마당으로 들어서자 치마를 훨렁 벗어 장독대로 던져 버리고 마루 끝에 털썩 걸터앉더니

"영웅호걸이 몇몇이며 절세가인이 그 누구냐. 우리도 아차 죽어지면 만수장림의 운무로구나…… 얼화 얼씨구."

노래를 뽑던 끝에 활개를 벌리고 덩실 춤도 추었다.

"아이구 얄궂어라. 와 이라능기요?"

섭분이 엄마가 안주인을 방으로 밀어 넣고 문을 닫았으나 완전히 변해 버린 안주인의 행색에 덜컥 겁이 났다.

이튿날 아침

"어제는 어디서 약주를 그렇게 잡수셨능기요?"

하고 섭분이 엄마가 물었더니

"고 주사(노랑 수염)가 술을 권해서 ……."

하고 얼굴을 붉히는 것이나 섭분이 엄마는 못 들을 소리를 듣는 것 같아서 도무지 속이 편치 못했다.

그것이 작년 늦은 가을이었다. 그때 시작한 술이 한 달에 두 번 혹은 세 번, 봄이 들면서 거의 장날마다 안주인은 읍내 장으로 가는 것이었다. 가서는 술이 취해서 돌아오는 것이었다. 어느덧 동리 아이들이 대문 밖에 몰려와서

"마판이 망하려면 당나귀가 들어오고 집안이 망하려면 마누라가 난질[45] 간다."

이런 소리를 주고받다가 흩어져 가는 날이 잦았다. 안주인은 사월이 접어들면서

"살구 한 바가지만 먹었으면."

하기도 하고

"묵은 김치 한 포기만 구해 봐."

하는가 하면

"약대구 알이 이런 산 옆에 있을 리 있나?"

하고 혼자서 싱그레 웃는 것이었다. 그럴 때마다 섭분이 엄마는 등골에서 오싹하고 찬소름이 지나갔다. 하루는

---

45 여자가 정을 통한 남자와 도망하는 짓. 술과 색에 빠져 방탕하게 놀아나는 짓.

"섭분이 엄마야 아이를 지우려면 무슨 약을 먹노?"
하고 안주인은 나직이 소곤거리는 것이었다.

"맹근을 삶아 먹으면 된다커대요."
하고 대답을 하였으나 안주인이 아이를 뱄다는 사실이 무섭기도 하고
또 창피하기도 해서 차라리 가만히 약을 먹여 죽여 버릴까도 생각해 보
았으나

'남의 일에 단지할 까닭 있나?'
이런 말로 섭분이 엄마는 자신에게 타일렀던 것이다. 안주인의 뱃속
에서 태아가 자라는 것과 함께 안주인의 정신 상태는 혼란하여 가는 것
이었다.

극도의 심려와 고민이 마침내 그에게 그러한 정신분열을 초래케 한
것인지도 모른다.

안주인은 배가 불러 가면서 그는 장날에도 나가지 않고 방속에만 틀
어박혀 있었다. 미쳤기는 하지마는 그만한 정신은 있는 듯도 하였다.

그러나 실상인즉 여인이 임신한 것을 알고 난 뒤부터 사나이는 다시
는 만나 주지 않기 때문에 십 년이나 수절하여 오던 이 과부가 미쳐 버
린 것이다.

시월 초순 어느 날 섭분이 엄마가 빨래를 하고 돌아오니 안방에서 아
기 울음소리가 들렸다.

놀라서 뛰어 들어가 보니 안주인은 방금 가위를 들고 아이의 한쪽 귀
를 베어 들고 있지 않는가.

섭분이 엄마는 아이를 빼앗아 자기 방에 두었으나 가위를 들고 아이
를 찾아다니는 미친 어미 곁에 두는 것보다 차라리 골목에 내다 놓으면

누가 주워다 기를 것 같아서 포대기에 싸서 안 생원네 울타리 아래 내려다 놓았던 것이다.

그날이 바로 관우와 묘운이가 돌아오던 날이었다. 오다가 골목에서 고양이가 빨아 먹고 있는 아이를 관우가 주웠던 것이다.

'그러면 …… 아이는 고(노랑 수염)가 자식인가?'

관우는 이런 생각을 해 보았으나 무엇이라고 뚜렷한 증거를 잡을 수도 없고 또 설사 고가의 씨라 할지라도 벌써 석 달이나 공을 들여 기른 것을 고가에게 내주기도 싫은 일이다.

관우는 아이를 언제까지나 자기가 기르기로 결심하였다.

이튿날 관우는 읍내 고경덕 씨 집에 부고를 보냈다.

'생의 남처(처남의 아내)가 돌연히 별세하였기로 부고하나이다. 민관우. 고경덕 씨 귀하.'

부고를 받고 놀란 것은 진화였다.

'관우가 돌아왔구나. 오오 나의 관우.'

진화는 초상집에 가자고 남편을 독촉했다. 그러나 노랑 수염은

"기분 나빠 그 흉가에서 또 초상이 났으니 …… 들여다 볼 마음 없어."

하고 고개를 외로 꼬는 것이다.

"그렇지만 우리가 남다른 관계를 가지고 있는 그 집에서 사람이 죽었다는 소식이 왔는데도 가보지 않는다면 남들이 우리를 뭐라 보겠어요?"

하고 들이댔으나 남편은

"임자 혼자 가보고 오시우. 부의금도 좀 가지고."

하고 노랑 수염은 먼 산을 바라보는 것이었다. 그는 딕신시킨 과부를

'내 자식인지 어떻게 알아?'

하고 한마디로 칼로 자르듯 끊어 버린 것이나 매양 양심이 편안치는 못하던 터이다.

지금쯤 초상집에 간다면 죽었던 시체가 벌떡 일어설 것만 같은 공포심이 앞서기 때문에 그는 아내가 조르는 데도 문상 갈 생각은 단념해야 하는 것이다.

초라한 상여와는 반대로 뒤에 따라가는 조문객으로서 진화는 너무도 화려한 존재였다.

사십을 바라보는 중년 여인 진화는 잘생긴 얼굴이 풍만한 몸집과 함께 어디까지나 귀족적인 모습이다.

베 두루마기에 두건을 쓴 호리호리한 관우의 뒤에 바싹 다가서서 한 손으로는 비단치마 자락을 여미며 산등성이로 올라가는 진화의 양편 뺨은 처녀처럼 홍조를 띠고 있다.

그는 오늘 초상과는 아무런 관계없는 흐뭇이 즐거운 감정에 쌓여 있는 것이다. 칠 년 만에 보는 관우, 그 사이 주름살도 생겨나고 좀 더 파리해졌으나 그렇기 때문에 오히려 더 청초한 남성미가 매혹적이 아닌가.

사십을 넘어서는 사나이의 매력은 싸늘하리 만큼 침착한 어디까지나 이성적인 엄숙하다 할까 진중하다 할 모습이 아닐까.

본래부터 사색적인 관우의 성격에 사십이라는 연륜이 가져온 인생의 원숙은 바야흐로 다 익은 열매처럼 흐뭇한 향기를 발하는 것이다.

청춘 시절을 화려한 색채를 갖춘 화단에다 비한다면 중년에서 노년으로 들어가는 고비는 추수를 기다리는 곡식처럼 충실한 내면을 약속하는 것이다.

이러한 느낌은 진화뿐 아니라 관우도 마찬가지 진화에게서 오는 애정의 참된 경지는 사십의 고개를 들어선 지금이 훨씬 더 강렬하게 느껴지는 것을 깨닫는 것이다.

하관이 끝나고 성분(成墳)[46]이 다 된 후 그리고 묘 앞에는 안동 김씨지묘라는 자그마한 말뚝이 꽂히고.

삽과 괭이를 든 일꾼들보다 한 걸음 앞서 관우는 진화와 나란히 보슬비가 내리는 산길을 내려왔다.

이 밤 진화는 자기 집으로 돌아가지 않았다. 텅 빈 초상 나간 이 집에 관우를 혼자 두고 차마 돌아설 수는 없기 때문이다.

바람도 없는데 사랑방에 켜 논 촛불이나 안방 시체가 누웠던 자리에 서 있는 촛불이나 섭분이 엄마 방과 부엌과 뒷간까지 켜 논 모든 불들이 후르르 떨고 있는 것이 기분 좋은 일은 아니다.

후르르 떨다가 탁 꺼지는 불도 있다. 제일 먼저 꺼진 곳은 뒷간이었다. 섭분이 엄마가 뒤를 보러 들어갔을 때 촛불이 탁 꺼진다.

본래 여물게 붙지 못했던 초가 사람이 들어가며 뒷간 문을 닫는 서슬에 툭 떨어진 것이다.

섭분이 엄마의 등어리며 이마에는 찬 땀이 솟았다. 놀라서 뒤도 보지 않고 뛰어나오는 섭분이 엄마의 발길에는 또 뭉클하고 밟히는 것이 있었다.

분명코 스르르 기어가는 뱀이었다. 허나 이것은 또 섭분이 엄마의 착각이었는지도 모른다.

사랑방에서 묘운이는 한 눈을 지그시 감고 벽에 기대앉았는데 진화

---

46 봉분(封墳)(흙을 둥글게 쌓아 올려서 무덤을 만듦).

와 관우의 이야기 소리는 도란도란 끝이 없다.

"이제는 장가를 드시지요."

진화의 조용한 목소리다.

"글쎄요. 나 같은 사람에게 시집올 여인이 있을까요?"

관우는 웃지도 않고 서글픈 목소리로 대답을 한다.

"왜요? 염려 마세요. 내 중매할 테니. 아주 젊디젊은 숫처녀를 ……
어떠세요?"

진화는 고개를 삐뚜름히 관우의 얼굴을 들여다본다.

"글쎄요 ……."

관우는 심상히 대답을 하고 방바닥에 누워 잠이 들었던 노석이가 낑
낑거리는 것을 한 손으로 다독거린다.

"애 누구에요?"

하고 진화는 눈으로 가리킨다.

"내 아들이오."

"……."

진화의 눈이 둥그레진다.

"그새 마누라 얻었던가요?"

하고 새침해지는 진화의 입이며 눈이다. 관우는

"길에서 얻은 아들이에요. 고양이가 핥아 먹고 있는 것을 주워 왔어
요."

하고 서글프게 웃는다.

"어쩌면."

진화는 그제야 새침했던 얼굴을 풀고 포대기를 들친다. 아이를 들여

다보더니

"잘 생겼는데요. 어디."

하고 방금 깨어서 눈을 뻔히 뜨는 어린 것을 안아 일으킨다.

"오줌 쌉니다."

하고 관우가 기저귀를 갖다 댄다. 진화는 아이를 추석거려 안고

"나도 이런 것 하나 더 있었으면 좋겠는데 …… 귀가 한 쪽 없는 것은 숭하지만."

혼잣말같이 하고 진화는 또 한숨을 푹 쉰다.

"왜 그러세요? 아드님이 있으시면서 ……."

"글쎄 우리 호남이가 독자니까 그렇지요. 독자란 흔시 외로운 거야요. 상여 뒤에 혼자 따라가는 것처럼 외로운 게 있어요?"

진화는 또 한숨을 쉰다.

"얘가 만일 고경덕 씨 아들이라면 데려가시겠어요?"

하고 관우는 노석을 내려다본다. 진화는 방긋이 웃고

"글쎄요, 다른 여인에게서 아이를 만들어 올 주제도 못 되는 위인이지만 설사 그이가 손을 대서 난 애기라 해도 난 흥미 없는데요."

"……."

관우는 입을 꾹 다물고 앉았다가 잠이 들려는지 낑낑거리는 아이를 진화에게서 받아서 묘운에게 안겨 준다.

묘운은 익숙하게 아이를 안고 머리를 슬슬 만져 재운다. 밤이면 일체 먹이지 않는 습관인 때문에 노석은 먹지 않고도 곧잘 잠이 든다.

닭이 홰를 치는데 노석을 안은 묘운은 코를 골고 깊은 잠에 빠졌다. 호젓하고 달큼한 기분조차 드는 새벽이다. 진화는 관으의 어깨에 얼굴

을 대고

"내 말대로 결혼을 하세요 네?"

하고 또 한 번 다짐을 둔다.

"글쎄요 혼자 살도록 팔자를 타고난 모양인데요."

진화는 어깨를 흔들며

"그러니까 그 팔자를 한 번 고쳐 보시란 말이에요."

"……."

창밖에는 또 바람이 후두두 빗방울이 돋는 소리가 난다. 관우의 서늘한 눈에서는 일순 결심하는 광채가 번득 지나간다.

"고쳐 보기로 할까요?"

관우는 지그시 눈을 감고 혼잣말처럼 중얼거린다. 진화는 배시시 웃고

"역시 지금까지의 사양은 일종의 엄살이었구면요. 난 다 알고 있다니까."

진화는 관우의 손가락을 한 개 힘껏 비틀었다. 뚝 하고 소리가 났건만 관우는 아프단 말도 하지 않거니와 고통의 표정도 없다.

새초롬 성이 난 진화의 얼굴을 즐거운 듯이 바라보던 관우는 손가락 한 개를 가만히 진화의 입술에 대어 준다.

순간 진화는 관우의 손가락을 끊어지리 만큼 깨물었다.

깨문 대로 한참을 놓지 않는 진화의 턱이 바르르 떤다. 관우는 눈썹 하나 까닥하지 않는가 하면 좀 더 기쁜 듯 좀 더 만족한 쾌감에 취한 얼굴로 빙긋이 웃고 있다.

지그시 눈을 감은 채 한참 만에 진화는 관우의 손가락에서 이빨을 떼

었다. 관우는 이번에는 손등을 진화의 이 사이로 들이 밀었다.

진화는 부르르 몸을 떨고 관우의 손등을 꽉 물고 늘어졌다. 관우는 한 팔로 진화의 어깨를 넌지시 안고 쓰러질 듯 진화의 상체에 자기의 상반신을 기댔다.

세상에 나서 이처럼 황홀한 순간은 관우는 진실로 처음 경험하는 듯 그는 행복의 첨단으로 들어가는 것이었다. 관우의 손등을 물고 늘어진 진화는 마찬가지 관우의 전신전령을 완전히 소유하는 즐거움이 뼈마디까지 스며드는 것을 감각하는 것이었다.

'참으로 오래간만에 보는 표정이다.'

진화는 속으로 중얼거린다. 손등을 물린 채 지그시 눈을 감고 미소하는 관우의 얼굴은 그 옛날 꽃과 뱀의 그림에서 나타난 관우 그대로가 아닌가.

진화는 새로운 그림의 구상이 번개처럼 지나갔다.

"아프시지요?"

진화는 관우의 손등에서 피맺힌 이빨 자국에 호오하고 입김을 불어넣고 손바닥으로 꼭 싸서 덮는다.

관우는 고개를 좌우로 흔들고 조용히 진화의 턱을 쓸어 보고 진화의 이마에 흐트러진 두 오라기의 머리칼도 쓸어 준다.

그리고 한 달이 지나갔다. 진화는 관우의 혼주가 되었다. 진화는 손수 납채를 봉했다.

노랑 모본단 저고리에 다홍치마를 받치고 분홍고사 깨끼저고리에 남갑사를 치마로 갖추었다. 명주며 모시며 옥양목과 광목까지 이불솜도 풍성하게 그보다도 한 냥쯤 되는 금비녀며 금가락지가 봉채함으로 들어갔다.

신부되는 처녀는 진화의 시집 먼 일가 조카뻘 되는 난실이라는 올해 십팔 세, 어머니도 아버지도 없는 고경덕의 집에서 바느질을 배우며 자라는 고아다.

신부 되는 난실은 마흔두 살 난 아버지 벌이 넘는 신랑보다도 꿈에도 생각할 수 없던 금가락지와 금비녀가 마음에 드는 것이었다.

진화의 넓은 집 마당에는 차일이 넓게 펼치고 떡이며 술이며 부잣집 잔치답게 모든 것이 풍성풍성 하였다.

밤이 이슥해서 새 신랑이 들어간 신방은 좀처럼 불이 꺼지지 않았다.

이 밤 진화는 오래간만에 화필과 채색 물감을 꺼내었다. 첫 닭이 우는 소리가 들리자 신방의 촛불도 꺼졌다. 진화의 입술에는 야릇한 미소가 흘러나온다.

창 밖에는 사나운 바람이 있어 풍지가 요란스럽게 운다.

"자지 않고 뭘 하는 거야?"

남편의 짜증을 내는 소리가 귓등으로, 진화는 펼쳐 놓은 화지 위에 듬뿍 물감을 칠한 화필을 주욱 가로 그었다.

그것은 휘어진 한 개의 채찍이기도 하다.

아침상을 받기 전 새 신랑은 고경덕 씨 내외를 보러 안방으로 건너왔다. 처숙모뻘이 되는 진화는 오늘 달리 엄숙한 얼굴에 기쁨을 띠고 있다.

이날 낮차로 고경덕 씨는 서울로 떠났다. 잔치 때문에 몇 날 연기한 출장이었다. 오늘은 신랑을 다루는 소위 동산례의 날이지만 외로운 신부라 별로 신랑과 어울려 놀 청년도 모여들지 않았다.

한낮이 기울어 갈 무렵 겨울답지 않게 보슬비가 내리기 시작한다. 이따금 바람도 있어 영창이 우르르 흔들리기도 한다.

　관우는 진화에게 불려 안방으로 갔다. 술과 안주가 예비 되어 진화는 손수 술을 따라 관우에게 권했다.

　거푸 석 잔을 받아 마신 관우의 관자놀이에 힘줄이 일어섰다.

　진화는 반대로 두 잔을 마시고

　"어때요 초야의 감상?"

하고 묻는 진화의 눈시울이 펑펑하여 진다.

　"별 감상 없군요."

　관우는 웃지 않고 심상히 대답을 한다.

　"감상 좀 얘기 해 주셔야 될 걸요?"

　"감상 없다니까."

하고 관우는 진화의 꼿꼿이 일어선 눈썹에서 슬쩍 는을 돌린다. 몹시 겁을 집어먹은 강아지가 꽁지를 다리 사이에 감추는 표정에 방불하기도 하다. 이러한 관우의 표정은 진화의 마음속에 어떤 불꽃을 불러일으키는 것이었다. 이것은 또 참을 수 없는 분노였다.

　어디까지나 추궁하고 싶은 잔인한 질투였다. 그것은 또한 지극한 사랑의 반증이기도 하다.

　"얘기 못 하시겠어요? 다 아는 일인데."

　"……."

　슬쩍 진화를 흘겨보는 관우의 눈에는 어떤 야유와도 같고 또 어떤 유혹과도 흡사한 표정이 지나갔다. 한 개의 사랑의 도전이다.

　진화는 무룻골 관우의 사랑방에서 관우의 손가락이며 손등을 물어

뜯던 밤의 기억이 살무사처럼 대가리를 치켜드는 것을 느끼자 그는 전신이 부르르 떨려 왔다.

진화는 영창문을 왈칵 열고 뜰로 나왔다. 앙상하게 늘어진 수양버들 가지에서 가느스름한 걸로 두 개를 꺾었다.

채찍을 들고 방으로 들어가서는 진화의 눈 속에서는 파란 불이 흘러내린다.

"옷 벗으세요."

관우는 기다렸다는 듯이 훌훌 조끼며 저고리며 속적삼까지 벗었다.

"초야의 감상 얘기 못 하시겠어요?"

"감상 없다 하지 않았어요?"

관우는 빙긋이 웃고 탐하듯 채찍을 돌아본다. 진화의 손이 끄덕 치켜지자 찰싹 하는 소리가 났다.

관우의 여윈 등어리에 채찍 자국이 지렁이처럼 가로 누웠다. 찰싹 두 번 세 번 내리치던 진화는 채찍을 멈추고

"말 못 할까?"

"……."

관우는 말이 없다. 다만 행복에 취한 미소가 관우의 입가에 흐뭇이 피어날 뿐이다. 진화는 팔 힘을 다해 관우의 등어리를 내리쳤다.

꽉 입을 다무는 관우의 이마에 파란 땀이 내밴다. 찰싹 찰싹 관우의 창백해진 얼굴에는 그리고 경련을 일으키는 입술 가에는 여전히 미소가 꽃처럼 피어나고 있지 않는가.

마침내 관우의 등어리가 터졌다. 주르르 피가 흘러내렸다.

피를 본 진화는 깜짝 놀라 채찍을 훌쩍 집어 던지고 관우의 등 뒤에

무릎을 꿇고 앉으며

　"아프시지요?"

하고 피 흐르는 상처에 가만히 입술을 댄다.

　"아니."

　관우는 진화를 돌아보며

　"팔 아프시지요?"

하고 진화의 어깨며 두 팔을 부드럽게 만져 준다. 문 밖에는 또 사나운
바람이 있어 영창문 풍지는 처참하게 운다.

제11회

장지문이 부르릉 떨리도록 바람이 부는 것이다. 방 안에는 오직 잠잠한 정적만이 흘러가고 있다. 진화는 관우의 상처 난 등어리에 언제까지나 얼굴을 댄 채 꼼짝하지 않는다. 이윽고 관우는 등어리에 스며드는 따뜻한 액체의 온기를 느끼었다. 진화의 눈물이 배어드는 것을 감각하는 것이다.

간간한 눈물에 젖어 상처는 따끔따끔 좀 더 아파 온다. 관우는 조용히 두 팔을 뒤로 돌렸다. 진화의 무릎이 만져지고 허리와 가슴이 손끝을 스쳐 간다. 풍만한 가슴은 저고리 아래치마 허리로 동여맨 탄력으로 해서 좀 더 실팍한 볼륨으로 손바닥에 어필해 온다.

진화의 눈에서 또 눈물이 떨어지는지 관우의 등어리가 새로운 온기로 젖어 온다. 가련하다 할까 아깝다 할까 관우는 연정 이상의 사랑으로 진화가 사랑스러웠다.

어버이가 자식에게 느끼는 감정과도 방불한 사랑이다.

"부스럭."

분명코 뒷문에서 옷자락 같은 것이 스쳐 가는 소리가 들려온다. 진화는 발딱 물러나 앉으며 뒷문 문풍지 사이로 반짝하고 지나가는 검은 그림자를 향해

"누구야?"

하고 소리를 질렀다. 사그락 하고 문에 스치는 옷 소리가 또 한 번 들린다. 진화는 왈칵 뒷문을 열어 젖혔다. 문 밖에는 분홍치마에 노랑 회장저고리를 입고 금비녀를 나직이 꽂은 신부가 파랗게 질린 얼굴로 서 있다.

"난실이냐? 왜 들어오지 않고 거기 서 있어? 참 난실이가 아니라 오늘부터는 경산댁이지."

진화는 아무렇지도 않는 듯 이런 말을 하고

"들어와 들어와서 네 신랑 등어리에 꿀 좀 발라 드려라."

"……."

신부는 잠자코 부스스 방안으로 들어선다. 눈을 내려 뜬 색시의 표정은 돌로 깎아 놓은 조각처럼 차디차다.

벽장에서 하얀 꿀 항아리가 내려왔다. 난실은 손바닥에 꿀을 기울여 가지고 새 신랑의 등 뒤로 갔다. 별로 놀란 표정도 없이 잠자코 피가 흘러내리다 여기저기 맺혀 있는 신랑의 등어리에다 꿀을 발라 놓고 난실은 또 꿀 항아리를 벽장에다 밀어 넣는다.

관우는 속적삼을 주워 입고 저고리며 조끼까지 다 챙겨 입고

"그럼 또 나중에 오겠습니다."

하고 대청마루로 나갔다. 관우가 나간 뒤 난실은 진화 옆에 무릎을 바싹 대고 앉으며

"백모님요? 어쩌면 그 사람을 그렇게 때리셨능기요?"

하고 묻는다. 진화는 한참 만에

"귀신을 쫓느라고 ……."

하고 심상히 대답을 했다.

"귀신이 쫓겨 나가십니꺼?"

하고 난실은 뺨에 오소소 소름이 돋아났다.

"응 나갔다."

"어떤 귀신입니꺼?"

난실의 움직이지 않는 눈동자는 좀 더 고정되어 버렸다.

"첫날밤에 죽어 버린 자기 첫 장가처의 넋이 붙어 왔다나 봐."

하고 소리를 쳤다.

"몸서리가 나네요."

하고 소리를 쳤다.

"괜찮다. 귀신은 쫓겨 갔다."

난실은 몇 번이나 한숨을 쉬고 나서 조용히 뒷문을 열고 나갔다. 대청을 내려 다섯 발자국만 디디면 뽀얗게 발라진 초당이 나타난다. 오동나무며 버드나무를 거느리고 서 있는 이 초당은 관우 내외의 신방으로 꾸며진 것이다.

난실은 방으로 들어가며

'첫날밤에 죽은 귀신을 달래느라고 백모님은 또 새 신랑의 등어리에 대고 우는 것이었을까?'

어린 신부는 이렇게 혼자 해석을 하고 또 한숨을 쉬는 것이었다.

이날 밤 진화는 닭이 울 때까지 그림을 그리고 있었다. 벅차오르는 예술감이 화필 끝에 곧잘 미끄러져 나간다고 진화의 눈썹 사이가 환해졌다.

그림이 한창 무르익어 갈 때다. 사르르 바람 소리가 뒷문에서 들렸다. 그러나 바람 소리는 아니었다. 영창이 열리는 소리였다. 하얗게 속옷만을 입은 난실이가 하얗게 분을 바른 얼굴로 들어서는 것이다.

말없이 방긋이 웃는 난실의 입은 이빨도 희었으나 입술도 희게 보인다. 진화는 오싹하고 찬 소름을 느꼈으나 애써 점잖은 목소리로

"자다 말고 웬일이냐?"

하고 물었다.

"……."

잠자코 빤히 진화를 들여다보는 난실의 눈은 사람의 눈 같이는 보이지 않아

"가거라 네 방으로."

하고 점잖게 명령했다.

"새 서방님이 간 곳이 없어요."

후르르 떨리는 촛불을 바라보고 서 있는 난실의 몸에서 귀기를 느끼며

"상객 방에서 노는 게지."

진화는 난실을 피해 뜰로 나왔다. 씽 하고 밤바람이 귀 밑을 핥고 지나갔으나 별로 춥지도 않다. 사랑방 영창에는 불빛이 환하다. 진화는 영창 앞으로 다가서며

"이 방에 새 신랑 왔습니까?"

하고 물었다.

"네."

관우의 대답 소리다.

"아니 신부를 혼자 두고 웬일이우?"

진화의 음성에는 짜증이 섞여 있다.

"이 얘기가 있어 그럽니다. 좀 있다 올려 보내겠습니다."

이번에는 묘운이가 대답한다.

"그럼 곧 신방으로 가시우."

진화는 손아래뻘 되는 관우에게 반말을 쓰는 모양이다. 언제 왔던지 뒤에 착 붙어 서 있는 난실에게

"초당으로 가 있거라. 네 신랑 곧 간다고 그러지 않니?"

난실이는 잠자코 그대로 섰다.

"들어가라니까."

진화는 웬일인지 난실이가 무서워졌다. 첫날밤에 죽어 버린 관우의 첫 아내의 혼백이 난실에게 붙어 있는 듯도 싶어 진화는 걸음을 빨리 해서 자기 방으로 들어왔다.

관우는 사실 마음에 난실이가 들지 않았다. 움직이지 않는 눈동자 때문만은 아니다. 파르스름한 뺨에는 분홍빛 연지를 바르면 그만이겠지만.

견딜 수 없는 것은 신부의 전체를 싸고 있는 외로움이다. 이것은 오랜 세월 동안 쌓이고 쌓여 마침내 두꺼운 얼음으로 된 갑옷처럼 난실이의 온몸에 둘러 있는 것이다.

진화를 무르익은 봄날에 비할 수 있다면 난실은 북풍에 떨고 있는 앙상한 나뭇가지가 아닐까. 너무나 엄청난 대조다. 진화의 매 끝에서 맞아 죽어도 한이 없다고 생각하는 관우에게 난실의 존재는 지긋지긋 거슬리는 것이다.

외로움, 찬 것, 이러한 저주스러운 기분은 관우 자신이 가진 것만으로도 넉넉하지 않은가.

관우는 진화의 채찍의 고문이 무서워서가 아니라 신방으로 들어갈

마음은 없는 것이다.

새 신랑이 자기를 좋아하지 않는 눈치를 난실은 곧 알아내었다. 이러한 사실을 첫째 아래 사람들이 알까 봐 부끄럽다. 그크도다도 바느질 동무인 이웃 처녀 복순이와 명남이가 안다면 큰일이다.

난실이는 허옇게 날이 밝을 때까지 묘운이와 관우가 드르릉 드르릉 코를 고는 소리를 들으며 신랑방 문 앞에서 서 있었다

'늙은 주제에 날 소박한다고 흥.'

소박때기가 되었다고 생각하는 난실은 결혼 사흘쩨 되는 날부터 분홍치마를 벗어 버렸다. 노랑저고리도 입지 않았다. 옥색 저고리에 날치마를 입은 난실은 더욱더 춥게 보였다.

사흘째 되는 밤 관우가 초당으로 돌아 왔으나 난실은 눈도 떠보질 않았다. 금비녀를 쪽진 머리를 뒤로 싹 돌아앉았다.

호르르 한숨 소리가 관우의 귀에도 똑똑히 들렸으나 관우는 못 들은 척 이불을 쓰고 누웠다.

우귀[47]를 한다 하면서 한 달이 지나고 두 달이 접어들었다. 해도 바뀌어 어느덧 정월도 넘어갔다. 아직 싹도 트지 않은 나뭇가지이지만 눅눅하게 부드러워지는 것이 이제 곧 푸른빛을 뿜어낼 것도 같다.

달래장아찌가 밥상에 오르는 아침과 저녁이 몇 번 지나가고 이제 사흘 후면 관우 내외가 이집을 떠나게 되는 것이다.

고경덕 씨가 또 서울로 떠났다. 이날 난실은 식모들과 함께 뒷강으로 빨래를 가고 사랑에는 묘운이가 낮잠을 잔다. 관우는 어슬렁어슬렁 진

---

47 신부가 혼인한 후 처음으로 시집에 들어감.

화네 방으로 놀러 왔다. 아주 떠나간다는 슬픔은 고요하고 호젓한 이 환경 속에서 좀 더 절박하게 두 사람의 가슴을 따갑게 만들어 놓았다.

"참 보여 드릴 것이 있어요."

진화는 관우와 단둘이 있을 때는 언제나 깍듯이 존칭을 쓰는 것이다.

"무언데요?"

관우는 미소하고 진화를 쳐다보았다. 진화는 벽장을 열고 커다란 두루마리를 내놓는다.

후르르 두루마리를 펼쳐 보는 관우는

"음."

신음하는 소리를 내었다. 채찍을 든 여인의 손이 옥과 같이 부드러운데 채찍에 맞고 있는 사나이는 야위고 초라하여 해골 그대로이다. 사뭇 앙상한 촉루가 매를 맞고 앉아 있는 것이다. 쾡 하니 들어간 두 눈, 모가지에 스리고 있는 경골이며 어깨의 견갑골이며 더욱이 처참한 늑골들.

희한하게도 두들겨 맞고 있는 이 촉루의 입언저리가 흐뭇이 피어나는 연화처럼 미소를 품고 있는 것이다. 미소라 하기에는 너무도 깨끗하다. 지그시 감은 길게 찢어진 눈시울은 무슨 황홀한 꿈을 보는지 아니면 달고 향기로운 관능에 도취하고 있는지.

"아아."

관우는 몇 번이고 감탄을 했다.

"이 그림 나 가져 갑니다."

"아냐요. 제가 기념으로 보관해야 할 그림이야요."

진화는 그림을 들여다보며

"뵙고 싶을 때 이렇게 봐야죠."

하고 관우를 흘겨본다. 이런 말을 하고 고개를 갸웃이 기울이는 진화의 눈에는 또 파란 구슬처럼 눈물이 고인다.

"그래도 내가 가져가야 겠는데요."

관우가 넌지시 손을 내민다.

"안 된다니까 그러시네."

진화는 어린애 모양으로 도리를 흔들고 나서 가만히 관우의 가슴에 이마를 기댄다.

관우의 손이 조용히 진화의 머리를 쓸어 주고 그러그 그 손은 진화의 어깨를 조용히 안았다.

두 개의 작은 불이 영창문 사이에 번덕거리기 시작했다. 어쩌면 작은 횃불같이 타오르기도 했다. 이런 것을 전연 알지 못하는 진화는 어깨를 살짝 낮추어 관우의 가슴에 착 안기면서 빨갛게 익은 결매 같은 입술을 관우의 입술에 댄다. 영창 틈에서 타오르는 횃불이 좀 더 거세게 불길이 일어난다.

"진화, 내게는 그대 한 사람뿐이요."

"나도 그래요. 관우 씨 한 분뿐이에요."

두 사람의 입술은 또다시 마주쳤다. 그 옛날 진주 숫골 진화의 집에서 밤을 세울 때처럼 전신을 태우는 정열 그대로였다.

눈과 눈이 감겨진 채 시간이 얼마를 갔는지 드르릉 장지문이 열리는 소리에 두 사람은 꼭 같이 눈을 떴다.

눈을 뜨는 순간

"철썩."

관우의 뺨을 치는 손바닥이 있다. 연달아 진화의 두르녹은 앞가슴이 발길에 채였다.

"짐승만도 못한 연놈들 …… 어디서 창피를 부려?"

오늘 낮차로 서울로 향하려던 고경덕 씨는 잊어버린 서류를 가지러 집으로 돌아왔던 것이다. 고경덕 씨는 너무도 억울하고 기막혔는지 그 이상 더 말을 못하고 방바닥에 펄썩 주저앉아 버렸다. 주저앉으면서도 그림을 두 손으로 갈기갈기 찢어 버리고

"이년아 이 능지처참을 할 년아, 그림 공부를 한다는 것이 이런 노릇을 하는 것이로구나, 에익 더러운 년."

노랑 수염은 앉은 채로 진화의 허리를 발길로 찬다. 관우는 진화의 앞을 막아서며

"장본인은 나니까 나를 때리시지요 자."

고경덕 씨는 관우에게 침을 탁 뱉고 마루로 나가 버렸다.

우귀 날이 아직도 사흘이 남았는데 그리고 칠십 리 길을 교군이 달려가기에는 해가 기울기 시작하는데도 고경덕 씨는 관우 부처를 기어이 떠나게 하였다. 아니 쫓아내는 것이다.

신혼 때 장만한 옷상자를 말허리에 싣는 관우는 동그라니 마상에 올라앉았다. 눈사람처럼 싸늘한 난실이가 가마 속에 들어앉고 그 뒤로 두어 자 떨어져 묘운을 태운 노랑말이 따랐다.

관우는 말 잔등에 올라탔으나 마음은 진화의 걱정으로 잦아질 것만 같다.

'어떠한 학대를 당하고 있을까?'

관우는 고개를 흔들고

'워낙 비겁한 사나이라 지금쯤 진화에게 타협하고 있을 지도 몰라.'

×　　　×　　　×

긴 세월이 흘러갔다.

관우는 집을 수리하였다. 집 안팎을 바르고 부잣집 모습으로 손질해 놓았다. 그러한 일이라도 해서 등어리의 가려움을 잊어버리고 싶었다.

관우는 이따금씩 못 견디게 진화가 그리운 날이면 그리고 바람이 문풍지를 울리는 날이면 미칠 듯 등어리가 간지러워지는 것이다.

드디어 관우는

"채찍을 가져와."

하고 소리를 쳤다. 채찍을 들고 멍하니 서 있는 아내에게

"자 이 등어리를 힘껏 내리쳐."

하고 관우는 훨훨 웃통을 벗는 것이다.

"귀신이 또 붙었능기요?"

난실은 파랗게 웃고 채찍을 높이 들었다. 허구한 세월을 소박데기로 늙어 가는 자기의 원한을 오래간만에 찾아온 귀신에게 갚아 보려는 듯 난실은 팔뚝에 힘을 다해 관우의 앙상한 척추를 갈기기 시작했다.

"음."

관우는 세 번째 채찍을 맞고 방 한 구석으로 멀찍이 물러나 저고리를 입었다.

"이제 시원해요? 귀신이 떠났나 부지?"

하고 난실은 미운 듯이 눈을 흘기고 마루로 나왔다. 석 달에 한 번 두 달에 한 번 난실은 관우의 방에 들어가 관우를 채찍으로 내리쳐야만 했다.

노석은 아버지가 하는 짓이 원통하기도 하고 분하기도 했다. 무엇 때

문에 맞는 매인지 어째서 자청해서 매를 맞아 내는지 노석으로는 전연 이해할 수가 없는 일이다.

침도 용하고 진맥도 귀신같이 한다는 의원을 청해서 진찰도 몇 번 해 보았다. 의사는 고개를 기울이고

"병이라고 지목할 만한 것은 없습니다. 기허[48]한 모양이니 녹용을 넣은 약을 서너 채 다려 드리시지요."

노석은 의사의 말대로 약을 지어 왔다. 조석으로 아버지 관우에게 약을 짜다 드리는 노석의 눈썹 사이에는 슬픔이 깃들어 있다. 약을 받아 마시는 관우의 얼굴에도 우울한 그림자가 두터워 갔다.

'진화를 빼앗아 간 고경덕의 '씨'가 진화가 그리워 미쳐 가는 자신을 이렇게 위로 하다니 …… 운명은 수수께끼야.'

하루는 관우가 노석을 불렀다. 약 그릇을 들고 들어온 노석은 전과 같이 아버지의 말씀을 기다린다.

"너도 장가를 들 나이가 되었다. 인연이 있으면 마땅한 규수도 생기리라 …… 함부로 다정하면 일신을 망치는 법이니 …… 그리고 한 가지 ……."

"……."

관우는 한참을 앉았다가

"너 어머니 말이다. 너를 낳지는 않았다. 그러나 네 아버지의 배우자가 아니냐? 주의해서 버릇없는 언동은 말아야 한다."

"……."

---

48 원기가 약하거나 부족함.

노석은 얼굴이 사뭇 꺼매지도록 부끄러움과 두려움을 느꼈다.

"아버지의 말씀 명심하겠습니다."

노석이 나간 뒤 관우는 두 손으로 얼굴을 쌌다.

'고경덕의 처 진화를 내가 포옹하였다. 그래서 고경덕의 '씨' 노석이가 난실이를 희롱하려 들다니 …… 운명은 어디까지나 인과법칙을 면할 수 없어.'

어느 날 관우는 또 난실을 불러 들여 매를 맞아야 했다. 이날 달리 관우는 매를 치는 난실에게 난폭하게 대어 들었다. 채찍을 들고 섰는 난실이 머리채를 잡아 낚아채고 발길로 난실의 엉덩이를 차고.

비명 소리에 노석이가 달려왔다. 그다음부터 관우가 매를 맞을 때면 난실은 노석을 불러 가죽띠로 관우의 두 손을 넌지시 묶게 하였다. 넌지시 묶은 가죽 줄은 대들보에 걸고.

관우는 봄이 들면서 자리에 눕게 되었다. 진화와 갈라진 지 벌써 십오 년이다.

요사이 부쩍 채찍을 청하는 날이 잦아지게 되었다. 난실은 잔인한 형리처럼 긴 채찍을 들고 남편의 방을 들어설 때 그는 아릇한 쾌감을 느끼는 것이다.

'나보다 먼저 시집 온 첫날밤에 죽은 귀신!'

난실의 팔뚝의 힘줄은 굳게 일어섰다. 십오 년간을 연습해 온 난실의 채찍은 교묘하게도 씽 바람을 일으키며 앙상한 관우의 늑골에 먹어 들어가는 것이다.

"음 으흐흐."

비명을 지르며 묶인 두 팔을 버둥거리는 관우를 난실은 병든 개처럼 마음으로 멸시하였다.

　방금이라도 기절을 할 듯 신음하는 남편의 등어리에 거푸 사오 차례 채찍을 내리치고 돌아 나오는 난실의 입가에는 파란 웃음이 이끼처럼 돋아 있다.

　요사이 눈에 띄게 점잖아진 노석을 난실은 또 약간 쓸쓸한 표정으로 바라보는 것이나 귀도 한 개 없고 소털처럼 노랑머리를 가진 노석에게는 별다른 미련도 없어 그저 잠자코 소와 닭처럼 지내 가는 것이다.

　여름도 지나고 가을바람이 불기 시작했다. 어느 날 바람이 몹시 부는 밤 관우는 난실에게 됩싸게 매를 맞았다.

　이날은 아침부터 바람이 일고 등어리는 미칠 듯이 가려워 왔다. 관우는 난실을 불러 또 몇 차례 매를 청했다. 비명도 내지 못하리만큼 관우는 완전히 기진하여 버린 뒤에 난실은 새파랗게 질린 얼굴로 방을 나왔다.

　우르릉 우르릉 바람 소리가 울려온다. 어쩌면 폭포가 쏟아지는 소리인지도 모른다. 관우는 귀를 기울였다.

　"사르르 사르르."

　머리 위로 떨어지는 것이 있다. 물방울인가 아니면 빗방울인가 아니다 눈이다.

　솜처럼 흰 눈이 얼굴을 씻어 가는 것이다. 그러나 자세히 보니 그것은 무수한 꽃의 화판이다. 바람이 부는 대로 꽃의 화판은 눈처럼 쏟아지고 있다.

　관우는 화판의 소나기 속에서 어리둥절 바라보고 있노라니

　"관우 씨!"

하고 부르는 소리가 들린다. 반가운 음성이다. 진화다. 진화는 그 옛날

'숫골' 반송 아래서 보던 그대로 분홍치마에 연둣빛 저고리를 입고 운혜를 신었다.

"관우 씨!"

진화는 명랑하게 웃으며

"이리로 들어가요 네?"

하고 손으로 가리키는 곳에는 연못 같기도 하고 호수 같기도 한 푸른 물이 있다. 물 위에는 굴고 흰 연꽃들이 시야 일면에 피어 있다. 연꽃 기슭에는 자그마한 배가 있어 타는 사람을 기다리고 있다. 관우는 진화의 손목을 쥐고 배 속으로 들어갔다.

"자 여기 이렇게 앉으세요."

진화는 비단치마 자락을 뱃전에 깔고 관우를 앉게 한다. 관우는 비스듬히 진화의 무릎에 기대앉았다.

노를 젓는 사람도 없는데 배는 저절로 연꽃과 연꽃 사이를 돌아 조용히 흘러 나간다.

화판은 나비처럼 날라 관우의 이마와 뺨을 간질이는가 하면 진화는 꿀 같은 정담을 귓속질 하고 있다.

햇살은 수면에서 수만 개의 금빛 은빛 화살을 날리고 무수한 비둘기 떼는 연꽃을 스쳐 푸르르 창공에 눈송이처럼 흩어진다.

관우는 눈이 부셔 왔다. 강열한 꽃향기에 취했는지 그는 한없이 달고 편안한 졸음이 눈시울이며 목덜미며 어깨며 온몸에 퍼져 가는 것을 느끼고 진화의 무릎을 베개 삼아 깊은 잠에 빠져 들어갔다.

미음 그릇을 들고 온 난실은 남편의 포근히 잠든 얼굴을 내려다보았다. 살며시 코 아래로 손바닥을 대보는 것은 관우의 얼굴이 너무도 평화롭기 때문이다.

호흡이 그쳤으나 관우는 살아 있을 때 한 번도 보지 못했던 평화로운 얼굴을 하고 있지 않는가.

비로소 난실은 무릎을 꿇고 두 손을 합장했다. 범할 수 없는 높은 경지로 들어간 어떤 인격 앞에 느끼는 그러한 느낌을 느끼면서 난실은 목을 놓아 울기 시작했다.

죽은 사람과 너무도 거리가 먼 자신의 존재가 새삼스럽게 슬퍼지는 때문이다. 한참을 울던 난실은 앙상한 관우의 품에 안긴 것이 있는 것을 보고 무엇인가를 꺼냈다. 퇴색한 채로 방금 꿈틀거릴 듯 징그러운 뱀의 그림이었다.

이날 서울의 진화의 집에서도 초상이 났다. 고경덕 씨는 진화를 데리고 서울에서 살았다. 깨끗하게 늙은 진화는 별로 아픈 곳도 없이 뜨락을 소요하다가 방으로 들어와 누운 것이 그대로 잠자듯 숨이 끊어졌다는 것이다.

이상하게도 이날 진화는 나이에 맞지 않게 짙은 화장을 하고 농속에 깊이 들었던 녹이홍상을 입고 있었다는 것이다.

'생전에 깨끗하게 사랑을 속삭이던 관우에게로 시집을 갔는지도 모른다.'

묘운이가 뒷날 친지에게 한 말이었다. ─끝─

─ 문연사, 1957

부록

형식적 미학과 운명애의 향연

진선영

1. 들어가며

『꽃과 뱀』은 1949년 문연사에서 초판 발행되었다. 해방기 신문이나 잡지에 연재되었는지 여부는 확인되지 않았으나 소제목과 목차가 없고 회차로 진행되는 것(총 11회)으로 보아 잡지에 연저되었을 가능성이 높다. 현재 초판본은 확인 불가능하고 1957년 문연사 발행본이 가장 많이 남아 있는데 초판본 발행 이후 1957년까지 15판이 발행된 것으로 보아 작품의 대중적 인기를 가늠해 볼 수 있다.

이 작품이 단행본으로 발간된 것과 별도로 1954년 『바람의 향연』이라는 제목으로 『여성계』에 연재되는데 목차의 진행 상황이나 내용이 『꽃과 뱀』과 동일하다. 『꽃과 뱀』의 연재 여부가 불투명한 상황에서 이후 다른 잡지에 재연재됨으로써 연재 예고나 작가의 말 등을 기대하였으나 『여성계』의 부분적 결실로 이 또한 확인할 수 없는 점이 안타깝다.[1] 『바람의 향연』은 1961년 김말봉 작고 후 동일한 제목으로 신화문화사에서 출판되는데 작가의 사후 일주기를 기념하여 '그의 이백여 작품 중에서 아직 널리 알려지지 않은 것으로서 특히 이채를 띤 작품을 선택하여 출판'하였다는 사실, 과거 문연사에서 조판하였던 지형을 빌려 이 책을 제작하였다는 머리말의 내용을 통해서도 『바람의 향연』이 『꽃과 뱀』과 동일한 작품이라는 것을 알 수 있다.[2]

한국전쟁 이후 김말봉의 인기작인 『푸른 날개』, 『생명』에 대한 연구적 성과가 축적된 가운데[3] 최근 『가인의 시장』, 『별들의 고향』을 중심으로 김말봉 해방 이후 작품에 대한 연구적 관심이 높아지고 있다.[4] 반

---

1 『여성계』는 1952년 7월 한국전쟁 기간 중에 창간되어 월간지 형태로 간행된 잡지이다. 임영신이 발행인으로 되어 있는 여성계사에서 발행되어 1952년 7월부터 1959까지 통권 8호로 종간되었으며 국판 250페이지 내외, 국한문 혼용체로 발행되었다. 『여성계』의 발행부수는 정확히 알수 없지만 『여성계』가 전국적 판로망을 갖추고 있었음을 다음 글에서 확인했다. "우리 잡지 판매부수는 『현대여성』보다 월등히 많았다. 잡지 내용도 그러하지만 전국에 판로망이 강력하게 구축되어 있었기 때문이다." 김원경 편, 『승당 임영신 박사의 빛나는 생애』, 민지사, 2002, 115쪽. 현재 우리나라 도서관에서 찾아 볼 수 있는 『여성계』는 1952년 7월호, 1952년 11월호, 1955년 1~12월호, 1956년 1~12월호, 1957년 1월호, 4월호, 5월호, 7월호, 12월호, 1958년 1~6월호, 8~9월호, 11월호, 1959년 1~2월호이다. 1952년 7월호는 서강대학교 도서관에, 1952년 11월호는 국회도서관에 소장되어 있다. 1955년 이후의 자료는 1955년 5월호만 신라대학교 도서관에 있고 나머지는 서울대학교 중앙도서관에 소장되어 있다. 신은미, 「1950년대 『여성계』에 나타난 여대생 인식」, 한국교원대 석사논문, 2009, 1~2쪽.
2 앞선 내용을 연대별로 요약하면 다음과 같다. 『꽃과 뱀』, 문연사, 1949(책 뒤의 서지 사항을 보면 초판 발행일이 1949년으로 되어 있다); 『바람의 향연』, 『여성계』, 1954.1~1955.1; 『바람의 향연』, 신화문화사, 1962; 『(애정소설) 꽃과 뱀』, 청산문화사, 1962.
3 윤경남, 「『푸른 날개』와 그림자」, 『김말봉의 문학과 사회』, 종로서적, 1986, 73~90쪽; 김우규, 「김말봉 문학의 대중성과 종교성」, 『김말봉의 문학과 사회』, 종로서적, 1986, 91~98쪽; 황영숙, 「김말봉 장편소설 연구-『푸른 날개』와 『생명』을 중심으로」, 『한국문예비평연구』 15호, 한국현대문예비평학회, 2004, 377~405쪽; 안미영, 「김말봉의 전후소설에서 선, 악의 구현 양상과 구원 모티프-「새를 보라」, 『푸른 날개』, 『생명』, 「장미의 고향」에 등장하는 '고학생'을 중심으로」, 『현대소설연구』 23, 한국현대소설학회, 2004, 317~340쪽.
4 정하은, 「반속 정신의 금자탑을 세운 「화려한 지옥」」, 『김말봉의 문학과 사회』, 종로서적, 1986, 99~133쪽; 최미진·김정자, 「한국전쟁기 김말봉의 『별들의 고향』 연구」, 『한국문학논총』 39, 한국문학회, 2005, 293~321쪽; 박선희, 「김말봉의 『가인의 시장』 개작과 여성운동」, 『우리말글』 54, 우리말글학회, 2012, 267~295쪽; 이병순, 「김말봉의 장편소설 연구」, 『한국사상과 문화』 61, 한국사상문화학회, 2012, 52~73쪽.

면 앞선 두 작품 사이에 끼어 있는 『꽃과 뱀』 혹은 『바람의 향연』에 대한 비평적 관심은 턱 없이 부족하다.

『꽃과 뱀』을 연구 대상으로 한 논문은 박산향의 논문 단 한 편이다. 박산향은 『꽃과 뱀』이 남녀의 애정문제를 소재로 종교적인 색채와 판타지적 요소를 함께 보여주는 소설이라 말하고 대중성과 예술성, 욕망의 세계와 종교의 세계, 현실과 판타지 등의 양면성을 중심으로 고찰하였다. 박산향의 논문은 『꽃과 뱀』을 연구 대상으로 한 단일 논문이라는 점에 의의를 지니지만 작품에 대한 깊이 있는 분석보다는 김말봉 대중소설의 특징을 설명하는 가운데 『꽃과 뱀』의 내용이 부분적으로 차용된 인상을 갖게 된다.[5] 김말봉 소설의 전모를 확인하기 위해 소설을 통시적으로 살핀 박산향의 박사논문에서도 『꽃과 뱀』은 제외되어 있다.[6]

소논문을 제외하고 김말봉 소설의 문학사적 의의를 종합적, 통시적으로 고찰한 학위논문에서도 『꽃과 뱀』을 찾아보기란 쉽지 않다. 김말봉의 생애, 창작관에 대해 살피고 단·장편 11편을 주제론적으로 고찰한 홍은희 논문은 식민지, 광복, 한국전쟁의 순으로 발표 작품을 통시적으로 구분하고 이를 삶의 문제와 윤리의식, 사회 문제와 개혁의지, 신앙의 문제와 기독교적 이상주의로 주제화하였다. 홍은희의 논문은 연구대상의 외연을 확대하고 이를 통시적으로 접근하여 문학사적 의의를 확인한 점, 그간 논의의 대상에서 제외되었던 단편을 포함한 점 등의 성과는 인정되나, 연구 대상 선정의 작위성과 대표 작품 중심의 논

---

5 박산향, 「김말봉 소설 『꽃과 뱀』에 나타난 양면성 고찰」, 『인문사회과학연구』 14권 1호, 부경대 인문사회과학연구소, 2013, 95~111쪽.
6 박산향, 「김말봉 장편소설의 남녀 이미지 연구」, 부경대 박사논문, 2014.

의는 연구적 한계로 남는다.[7]

앞서 살핀 바와 같이 『꽃과 뱀』은 개별 논문들은 물론이고 김말봉의 소설을 통시적으로 살핀 학위논문에서도 제목조차 언급되지 않는다. 이는 『꽃과 뱀』의 독특성 때문일 터인데, 본고는 이러한 특성이 오히려 김말봉의 작품 세계를 다채롭게 만드는 요소라 생각한다. 즉 『꽃과 뱀』은 김말봉의 작품 중 제재와 구성 면에서 가장 김말봉'답지' 않은 작품이며 주제 면에서 가장 김말봉'스러운' 작품인 것이다.

해방 이후 김말봉 소설을 연구한 논문에서 대부분 주제화되는 내용은 작품의 대사회적 견인력과 기독교적 색채이다. 이는 작가의 개인적 이력과 맞물려 소설을 해석하는 유용한 자원이 된다. 김말봉의 후반기 소설은 현실적 시간이 소설적 시간과 나란히 병행되는 특성 때문에 '열쇠소설' 혹은 '사회적 멜로드라마'라는 명칭이 부여되거나[8] 크리스천의 인간성 회복을 기원하는 종교소설이다.[9] 해방기 공창제 폐지 운동을 입법화하기 위해 쓰인 『가인의 시장』, 해방정국과 한국전쟁, 피난의 현실적 전개 과정을 정확히 재현하는 가운데 작가의 우익적 세계관을 보여주는 『별들의 고향』, 피난살이의 고단함을 그린 『태양의 권속』, 『옥합을 열고』, 돈과 사랑의 대립 구도에서 연애의 사회성을 살핀 『푸른 날개』, 『생명』 등은 당대 사회 현실의 재현에 중요한 목적을 두고 있으며 당위적

---

7   홍은희, 「김말봉 소설 연구」, 대구가톨릭대 석사논문, 2002.
8   과거나 현재에 실제로 있었던 사건을 다루는데, 등장인물이나 배경 등을 바꾸어 소설화하는 것을 '열쇠소설'이라 하고 멜로드라마적 구조(멜로성)와 사실적인 사회 역사적 배경(사회성)을 결합시킨 형식을 '사회적 멜로드라마'라 한다. 이병순, 앞의 글, 2012, 64쪽; 최미진·김정자, 앞의 글, 2005, 298쪽.
9   김송현, 「크리스챤의 인간성 회복 ─ 김말봉 씨의 『옥합을 열고』를 중심으로」, 『새가정』, 1966, 37~41쪽.

가치로서 반공주의적, 기독교적 정신의 구현을 주제로 하고 있다.

반면 『꽃과 뱀』에는 시대적(시·공간), 사회적 요소가 중요한 의미를 갖지 않는다. 시간적 요소는 현실적, 사회적 리얼리티가 아니라 주인공 관우의 나이 듦에 따른 세월의 흐름에 초점이 맞추어져 있고, 암자를 중심으로 이동하는 여로형 서사는 정주지에 의미가 있는 것이 아니라 이동의 운명성에 방점이 놓인다.

해방 이후 김말봉 소설의 시·공간적 배경은 각각의 시기(해방기-한국 전쟁기-피난기)에 서울, 대구, 부산의 로컬리티가 갖는 특성을 통해 세태소설, 사회소설적 분위기를 갖는 반면 『꽃과 뱀』은 기이한 그로테스크 판타지가 전반적인 분위기를 형성함으로써 현실성을 거세하고 소설을 환상적인 분위기로 이끈다. 특히 제재 면에 있어서 남성 주인공이 스님으로 설정된 것도 상당히 이채롭다.[10] 이는 송하춘이 『꽃과 뱀』이 김말봉 소설을 통틀어 가장 예외적인 작품이라고 평가한 지점과 일맥상통한다.[11]

이처럼 김말봉 '답지' 않은 제재와 배경은 『꽃과 뱀』만의 독특한 분위기를 주조하지만 반면 소설을 주제화하는 방식은 다분히 김말봉'스럽

---

10 해방 이후 김말봉 작품 세계의 한 축을 담당하는 것이 '기독교주의'이다. 주인공들은 목사님이나 장로님을 부모로 둔 독실한 기독교 집안에서 성장한 대학생들이다. 이들은 연애로 매개되는 비기독교적 표상(비기독교주의, 공산주의)과 근접해 감으로써 기독교를 부정, 비난한다. 하지만 이들 곁에는 연애의 삼각관계를 형성하는 기독교적 구원의 여신이 자리하고 있어 결국 자기부정을 통해 하느님에게로 인도된다. 이러한 인물 구성을 볼 때 『꽃과 뱀』의 '스님'이라는 제재는 상당히 이채롭다. 단 '스님'이라는 역할은 소재적 차원에서 다루어질 뿐 이 작품은 궁극적으로 종교적(불교) 구원의 문제를 다루지는 않는다.
11 단행본 출간 전에 연재되었다는 기록이 있으나, 연재 지면이 어디인지 구체적인 시기가 언제인지 확인되지 않는다. 설화적 모티프와 가학적, 피학적 사랑 등은 김말봉의 작품 세계를 통틀어 상당히 예외적이라 할 만하다. 초반부의 인물 설정이나 스토리는 '조신몽' 설화를 연상케 한다. 송하춘, 『한국현대장편소설사전 : 1917~1950』, 고려대 출판부, 2013.

다'. 종교와 욕망 사이에서 갈등하고 방황하는 남녀 주인공, 관우와 진화의 사랑이야기는 전통적인 김말봉식 연애소설의 공식을 따르고 '모든 것은 될 대로 되었다'는 삶의 진정한 주제자는 '운명'이다.[12] 사랑을 위해 운명을 거역하려 하지만 결국 운명은 모든 것을 원래의 자리로 돌려놓는다.

그간 김말봉은 내용(주제)의 압도적 우위로 인한 평이하고 단순한 구조, 이로 인한 소설적 형상화의 미달, 엇비슷한 작품을 찍어내는 '판박이 작가'라는 비난을 받아 왔다.[13] 하지만 이 작품에서는 형식적 고민을 통해 전지적 소설 방식에서 탈피해 다양한 이야기의 전개와 함께 독자의 흡인력을 고취시키고 있다. 이에 본고는 김말봉 해방 이후의 첫 완결작인 『꽃과 뱀』을 분석함으로써 신문에 연재된 인기작 중심의 편향된 연구를 지양하는 개별 작품의 의미론과 함께 김말봉의 다채롭고 풍부한 작품 세계를 조명해 보고자 한다.

2. 미학적 실험과 운명적 멜로드라마

1) 액자식 구성을 통한 주제적 완결성

『꽃과 뱀』은 시작부터 강한 호기심을 불러일으킬 만한 설정을 통해

---

12 신동욱, 「여성의 운명과 순결미의 인식」, 『김말봉의 문학과 사회』, 종로서적, 1986, 57~72쪽;
    박산향, 「김말봉 단편소설의 서사적 특징 연구」, 『인문사회과학연구』16, 부경대 인문사회과학
    연구소, 2015, 117~138쪽.
13 김남천, 「작금의 신문소설 —통속소설론을 위한 감상」, 『비판』 제52호, 비판사, 1938.12.

독자들의 흥미를 자극한다. 숲골댁은 이 집에 들어온 지 삼 개월밖에 되지 않은 가정부이다. 집안의 곳곳을 소제하고 가사를 돌보아야 할 식모이지만 '사랑이 다섯 개나 되는 방이며 백 평이 넘는 소제는' 백 첨지가 맡아 보고 자신은 네 식구의 식사와 빨래만 하면 되는 '장난감 같이 손쉬운 일들이었다.'

식모이지만 여러 곳에 접근이 제한된 화자 숲골댁의 눈에 비친 이 집과 사람들은 기이하다. 이 집의 심복하인인지 가까운 일가인지 알 수 없는 애꾸눈의 백 첨지, 나이를 가늠할 수 없고 차가운 웃음을 웃는 젊은 주부, 그의 남편인 듯한 한 쪽 귀가 없는 청년 등 한 가족이라고 생각하기에 이질적인 구성원들이 숲골댁을 제외하고 비밀을 공모하고 있다.

숲골댁에게 '가지 마라', '하지 마라' 등의 금지의 조항이 많아질수록 작품의 긴장감은 높아진다.[14] 안채에서 사랑채로 연결된 판자문에 적힌 '불허단입'이 주는 단절감, 접근이 금지된 뒤채, 정기적인 의사의 방문과 뒤채로의 출입 등 인물과 공간의 성격이 모두 의심스럽다. 독자들은 숲골댁의 시선을 따라 이 집 사람들에게 의문의 시선을 보내고 비밀에 대한 궁금증을 증폭시키게 된다.

잘 마르지 않는 빨래를 다림질하던 어느 날 밤 숲골댁은 화장실에 다녀오던 중 뒤채에서 들려오는 기이한 신음소리를 듣게 된다. 그간 자신에게만 출입이 금지되었던 뒤채에 대한 궁금증이 쌓여 가던 중 신음소리를 듣게 되자 두려운 가운데서도 뒤채를 엿보게 된다. 뒤채의 방문이

---

14 숲골댁이 들어온 지 석 달이 접어들었는데도 그는 뜰과 사랑으로 통한 판자문 앞까지만 쓸고 사랑마당으로는 나오지 못하게 돼 그 때문에 사랑채의 방 모습이나 뜨락의 높이 같은 것은 전연 알 수가 없는 것이다. (…중략…) 오후 네 시가 되어 판자문 밖에 요령소리가 나면 주부는 달려가서 판자문 고리를 벗긴다. 숲골댁에게는 이 문고리에 손을 대지 말라는 것이다 (『꽃과 뱀』, 6~7쪽)

열리고 나오는 젊은 주부의 손에는 기다란 채찍이 들려 있고 함께 젊은 사나이도 뒤따른다. 반쯤 열린 영창문 사이로 머리가 허옇게 세인 늙은 이가 두 손을 결박당한 채 죽은 사람과 비슷하게 누워 있는 모습을 발견 하게 된다.

또한 그동안 주부의 남편으로 생각했던 한쪽 귀 없는 청년이 해골 같 은 늙은이의 아들이라는 사실, 주부가 사나이의 어머니라는 사실은 놀 라움을, 결국 아내와 아들이 남편이자 아버지인 늙은이에게 채찍을 가 하고 있었다는 사실이 발각되면서 숲골댁은 기함을 한다. 더욱이 늙은 이에게 채찍을 가하고 함께 안방으로 들어가 엉큼한 농을 치는 기이한 모자 관계는 소설을 더욱더 그로테스크하게 만든다.

이 집 사람들이 그간 통제와 금지를 통해 숨기려 했던 음모적 사실을 발견한 숲골댁은 날이 새자 집을 떠난다. 나가면서 백 첨지에게 이 집 은 도깨비들이 사는 집이라고, 당신도 얼른 이 집을 떠나라고 권한다. 숲골댁에게서 들은 '도깨비 집'이라는 말을 되뇌며 백 첨지는 회상에 잠 긴다. 이 작품은 기괴하고 그로테스크한 외부 액자가 숲골댁의 퇴장으 로 마무리 되고 백 첨지의 회상을 통해 자연스럽게 내부 액자가 열리면 서 외부 액자의 궁금증을 내부액자를 통해 풀어 가는 액자형 구조를 취 하고 있다.

작가가 주제를 효과적으로 전달하기 위한 고민 중의 하나는 작품을 전개해 나가는 방식, 작품의 구조에 대한 것이다. 구조를 어떻게 설정 하느냐에 따라서 이야기가 전개되는 방식이 달라질 수 있으며, 작품의 배경, 인물 등의 반영도 다르게 될 수 있다. 액자소설이란 이야기 속에 또 하나의 이야기를 포용하는 것으로 액자 속 사진처럼 두 이야기가 끼워져 있는 데서 붙여진 이름이다. 액자 밖의 이야기와 안의 이야기는 서로 종속적인 경우가 많으나, 밖의 이야기는 주로 도입부의 역할을 하고, 안의 이야기가 사건 전개의 핵심적 역할을 담당하기에 비중이 더 크다. 일반적으로 하나의 이야기를 단일 서술자가 독자에게 들려주는 단일 소설과 달리 액자소설은 액자부와 내부 이야기라는 복수의 서술 주체를 가지므로 독자들은 훨씬 입체적으로 독서 효과를 경험하게 된다. 즉 서술자 분화와 담화의 복잡한 과정에 의해 독자에게 특별하고도 상이한 인각효과를 가져오게 하는 것이다.[15]

이 작품에서 외부 액자는 단순한 도입부의 역할, 내부 이야기에 종속되는 한계를 벗어나 독자들에게 강렬한 호기심을 유발하는 적극적 의미를 갖고, 외부 액자에서 숲골댁과 함께 놀라움과 궁금증을 가진 독자가 백 첨지의 회상으로 내부 액자로 자연스럽게 이끌리면서 소설의 극적 긴장감이 유지된다. 자이들러가 밝힌 바와 같이 외부 액자는 내부 이야기와의 거리를 발생시킴과 동시에 서사에 신뢰를 갖게 함으로써 특유의 예술적 효과를 자아낸다.[16] 정상치에서 일탈된 기인형 인물들 (백 첨지, 주부, 젊은 사나이, 해골 노인)과 비현실적이고 충격적 내용을 담고 있는 외부 이야기의 파격성을 긴 호흡의 내부 액자가 추리하듯 밝혀냄으로써 단일소설에서 성취할 수 없는 미학적 효과를 얻게 된다.

회상으로 열리는 내부 액자에서 백 첨지는 주인공 민관우가 여로를 지속할 수 있도록 도와주는 조력자이자, 민관우와 진화의 사랑에 적극적으로 개입하여 이들의 사랑을 더욱 운명적으로 물들이거나, 사랑하

---

15 이영애, 「김동인 액자소설의 담론적 특성」, 경일대 석사논문, 2010, 6~7쪽.
16 한용환, 『소설학 사전』, 고려원, 1992, 298~300쪽.

는 연인들의 사후(死後) 이야기를 후일담으로 전하는 서술자이다. 제1회의 후반부에서, 외부 액자에서 내부 액자로의 자연스러운 진입과 함께 백 첨지는 '통도사의 공양승 묘운'으로, 채찍을 맞고 누운 해골 민관우는 '통도사의 젊은 중 혜남'으로 분해 삼십 년의 시간을 거슬러 이야기가 재시작 된다.

이 작품의 내부 이야기는 회차를 거듭하여 반복되는 에피소드를 통해 민관우와 진화의 사랑, 질곡을 다루면서 그 운명성을 증폭시키고 있다. 단편소설의 미학적 완결성을 추구하는 액자구조가 장편소설에서 사용될 때 내부 이야기의 부피감은 커질 수밖에 없는데, 그럼에도 불구하고 외부 이야기 안에 여러 내부 이야기가 들어간 순환적 액자소설이거나 사교적인 즐거움에 목적을 두는 목적 액자소설은 아니다. 이 작품은 외부 이야기 안에 하나의 내부 이야기, 민관우와 진화의 만남과 이별이 반복되는 단일 액자소설의 형태를 취하면서 그 단일한 이야기가 그로테스크한 분위기와 맞물려 환상적으로 재현되는 특징을 가지고 있다.

내부 이야기에서 민관우와 진화의 만남과 이별이 거듭되는 가운데 외부 액자의 실마리가 10화에서 제시되면서 자연스럽게 내부와 외부는 맞물리게 된다. 내부 이야기가 진행되는 가운데서도 외부 액자의 강렬한 인상을 유지하는 독자들은 정체가 밝혀진 백 첨지와 민관우를 제외하고 주부와 젊은 사나이의 정체에 대한 궁금증을 품고 있었는데 10화에서 정체가 드러나면서 이들의 기이한 가족 관계도가 완성된다.

민관우에게 채찍을 가하는 주부는 진화가 관우와 부부의 인연을 맺어 준 난실이라는 사실, 한쪽 귀가 없는 젊은 사나이는 진화의 남편 고경덕의 혼외 자식을 민관우가 주어다 길렀다는 것, 결정적으로 난실과 노석이 민관우에게 채찍을 가하는 것이 민관우의 자발적 요청이었다는 사실이 밝혀지면서 외부 액자의 그로테스크함은 서사적 당위성을 얻게 된다.

11화에 이르러 내부 이야기는 이물감 없이 외부 이야기와 결합되어 닫힌 액자형 구조로 마무리된다. 변함없이 날마다 채찍질이 연속되면서 관우의 혼절과 환상(꿈)이 잦아진다. 꿈속에서 진화를 만난 관우는 진화의 무릎을 베개 삼아 깊은 잠에 빠져 들고, 난실이 들어왔을 때 관우는 살아 있을 때 한 번도 보지 못한 평화로운 얼굴로 숨이 끊어져 있었다. 같은 날 서울 진화의 집에서도 초상이 났다.

> 고경덕 씨는 진화를 데리고 서울에서 살았다. 깨끗하게 늙은 진화는 별로 아픈 곳도 없이 뜨락을 소요하다가 방으로 들어와 누운 것이 그대로 잠자듯 숨이 끊어졌다는 것이다.
> 이상하게도 이날 진화는 나이에 맞지 않게 짙은 화장을 하고 농속에 깊이 들었던 녹의홍상을 입고 있었다는 것이다.
> '생전에 깨끗하게 사랑을 속삭이던 관우에게로 시집을 갔는지도 모른다.' 묘운이가 뒷날 친지에게 한 말이었다.(『꽃과 뱀』, 244쪽)

관우의 사망과 진화의 죽음이 이어지고, 살아생전 이루지 못한 사랑의 결실은 죽음으로써 완성된다. 한날한시에 완성된 관우와 진화의 굳센 사랑을 결혼으로 의미화 하는 묘운의 전언을 통해 이야기는 운명적 사랑의 강렬함을 전한다. 이 작품에서 외부 액자에서 내부 이야기로의 진입, 내부 이야기에서 외부 액자로의 연결이 자연스러운 것은 백 첨지에서 묘운으로, 묘운에서 백 첨지의 시선으로 액자를 관장하는 서술자 때문이다. 이로 인해 서사적 완결성은 높아지고 후일담처럼 전달되는 덧붙임을 통해 주제적 완결성은 높아진다.

2) 여로형 서사와 운명적 사랑

앞 절에서 작품의 전체구조인 액자구조와 도입부와 종결부라고 할 수 있는 외부 액자를 다루면서 형식적 특징에 집중하였다면 본 절에서는 내부 이야기를 통해 작품의 주제의식을 도출해 보고자 한다.

> 지금부터 삼십년 전 백 첨지는 통도사의 공양 승 묘운이었다. 그가 속환 (俗還) 되어 삼십 년을 지난 오늘에도 통도사에서 때던 불을 여기 이 집 주인 민관우 씨의 집에서도 때고 있느니만큼 그의 운명은 별다른 변화도 비약도 없다.
> 그러나 그가 따르고 아끼어 오늘까지 이른 민관우…… 그때 통도사의 젊은 중 혜남은 너무도 희한한 운명의 길을 걷고 있었다.(『꽃과 뱀』, 13~14쪽)

내부 이야기로 들어서면서부터 서사의 중심 주제는 강하게 환기된다. 관우를 따르는 묘운의 운명은 예전(묘운, 액자의 내부)이나 지금(백첨지, 액자의 외부)이나 변함이 없지만 혜남에게는 '희한한 운명의 길'이 예고되어 있었다. 내부 이야기에서는 관우의 나이 듦에 따른 시간의 경과와 여로형 서사를 통해 '운명의 길을 걷는' 남녀의 사랑이야기가 펼쳐진다.
통도사의 젊은 중 혜남은 어느 초파일 전날 밤 '꽃 속에 뱀이 있고 뱀이 처녀로 변하는 꿈'을 꾸게 된다. 그리고 꿈속의 처녀를 초파일 날 실제로 만나게 되면서 상사병에 걸려 번뇌하게 되고 결국 절을 등지게 된다.

제2화에서는 환속 후 4년을 '산도 넘어 보고 강도 건너 보고 눈을 멀리 누리 위에 두기로 소원하여 관우(觀宇)로 개명하고' 경남 사천의 성내 보통학교 교원이 된 스물네 살의 민관우를 만나게 된다. 꽃다운 청춘의 사년을 길 위에서 보낸 관우는 그토록 잊으려고 노력했던 처녀가 담임한 학생의 누이로 눈앞에 나타나자 깊은 운명에 절감한다. 관우는 진화 또한 사 년 전 초파일 날 통도사에서 관우를 보았으며 항상 그리워했노라는 고백을 듣자 서로가 '지중한 전세부터의 인연'임을 깨닫게 된다. 관우는 진화의 사랑 앞에 일체의 행복을 송두리째 바치기로 결정하지만 폐결핵에 걸려 사경을 헤매게 된다. 진화의 도움으로 사십일 만에 병이 쾌차한 관우는 묘운이 거처하고 있는 구절사로 요양을 떠난다.

진화가 부모의 허락 없이 집을 잡혀 관우의 치료비를 대는 동안 아버지의 회사는 어려움을 겪고 고경덕(노랑 수염쟁이 늙은 홀아비)의 돈으로 회사를 살리게 되자 둘의 약혼을 추진한다. 경제적 이유 외에도 진화는 '총각과 혼인하면 생리사별할 운명이니 상처한 사람[17]과 결혼'하여야 된다는 사주를 받았기 때문이다. 아버지의 입으로 짧게 언급된 사주는 저주처럼 진화와 관우의 생애를 지배하여 살아서는 부부의 연을 맺지 못한다는 복선적 역할을 한다. 진화는 결혼하지 않겠다는 결단을 보이

---

17 "마침 저 양반이 말이다 재작년에 상처를 하고 마땅한 규수를 물색하는 중에 내게다 그런 뜻을 보이지 않겠니? 생각해 보아라 내게는 은인이요 또 너는 사주대로 한다면 상처한 곳으로 가야만 될 테니 이왕이면 돈은 많겠다, 아 전라도에서도 쌀만 만석 추수하는 부자는 그리 흔하지 못하다. 그 사람이 아들이 없이 단지 딸 하나뿐이란 말이다. 네가 가서 아들만 낳으면 그 집 상속은 네 아들이 할 것이 아니냐 말이다. 그리고 ……."(『꽃과 뱀』, 71쪽)

기 위해 사흘을 굶다가 구절사로 가서 머리를 깎는다. 그러나 부모와 관우가 마음을 알아주지 않고 재차 시집갈 것을 권하자 이에 모욕감을 느끼고 자살을 결심하지만 혼례복을 입고 함께 자살을 약속한 관우가 밤새 도망친 것을 알고 비겁한 자식이라 욕하고 혼례를 올린다. 관우는 나름대로 평생 건강치 못한 자신을 돌봐야 하는 진화의 인생이 불쌍하기도 하고, 성급한 자살 결심을 원망할 수도 있으니, 1년 후에 다시 만나 사랑을 재확인하기로 하고 절을 떠난 것이다. 그러다가 진화가 관속에 누워 있는 꿈을 꾸고 다시 숫골로 돌아갔으나 진화의 야멸찬 냉대에 발길을 돌린다.

다시 5년의 세월이 흘러 스물아홉 살이 된 관우는 내운사 근처 두옥에서 묘운과 함께 살고 있다. 우연히 비를 피해 들어선 노파와 젊은 처녀(옥련)를 집에 들이면서 여름 내내 즐거운 교류를 한다. 노파는 관우의 생김새와 됨됨이를 귀히 여겨 옥련의 짝으로 점찍고 급히 식을 올리려 한다. 간단히 친척들과 인사를 나누는 자리에서 관우는 장인, 장모를 만나게 되는데 옥련의 아버지가 고경덕이고 의붓어머니가 진화임을 알게 된다.

이후 서른세 살의 관우는 대구 아래 경산의 '무릇골'에 나타난다. 혼례 날 장모로 나타난 진화를 보고 혼절한 관우는 묘운의 손에 이끌려 나와 정처 없는 방랑의 길에 올라 사 년을 떠돌이 생활을 한다. 노독으로 몇 달을 한 초상집에 기거하던 중 주인 과부댁의 청을 듣게 된다. 이 집의 주인인 고 주사가 올 터인데 그와 최후 담판을 지어 달라는 것이다. 시어머니와 남편을 한꺼번에 잃은 과부댁의 사정이 딱하기도 하고 대가를 지불하지 않고 머물러 있는 터라 어쩔 수 없이 전면에 나서게 된 관우는 다음 날 고 주사 부부를 맞이하게 된다.

> 관우가 이집 집주인인 듯 대문으로 나갔을 때 인력거에서 내리는 남자는
> 두꺼운 외투 깃 속에 턱을 묻은 노랑 수염이다. 다음 인력거에서 고동색 모본
> 단 두루마기 앞섶을 쥐고 내려서는 여인은 틀림없는 진화다. (…중략…)
> 관우는 빈 잔 한 개를 진화 앞으로 내밀어 놓고 주전자를 들었다. 길게 아
> 래로 바른 관우의 속눈썹이 주전자를 내려놓는 것과 함께 슬쩍 위로 치켜졌
> 다. 눈썹 속에서 환히 광채가 나는 두 개의 눈동자가 진화의 눈과 마주쳤다.
> 지극히 짧은 일순간이었으나 관우는 이미 진화와 무궁한 정화(情話)를 속삭
> 인 듯 흐뭇이 마음이 즐거웠다.(『꽃과 뱀』, 154~157쪽)

혼례 사건 이후 사 년 만에 다시 만난 관우와 진화는 놀라움보다 반복
되는 인연의 운명성에 오히려 흐뭇한 감정을 느낀다. 몇 해를 전혀 다
른 공간 속에 떨어져 있어도 결국 어떻게든 다시 만나게 되는 이들의 필
연이야말로 운명 말고는 무엇이라 이름 붙일 수 있을까. 세계의 모든
것은 뒤로 물러 선 채 찰나에 마주친 두 눈동자는 함께하지 못한 시간을
살뜰히 이야기 나누는 듯이 정겹기만 하다.

진화는 다시 만난 관우를 놓치기 싫어 과부댁이 원한 요구 조건을 최
대한 수용하고 관우와 이 집 시누이와의 혼례를 추진하지만 처녀가 첫
날 밤 급사하는 사건이 발생한다. 손 한 번 잡아 보지 못한 아내가 죽자
관우는 또다시 방랑길에 오른다. 팔도강산의 절간을 골고루 순례하는
동안 칠 년이 지나고 관우는 인생의 황혼, 사십이 되었다. 관우와 묘운
은 며칠 만 바람 쏘고 오겠다는 인사를 남긴 지 칠 년 만에 무릇골로 다

시 향한다.

약관의 통도사 젊은 중 혜남은 불혹의 나이가 되어서도 여전히 여로 위에 있다. 여로형 서사는 작중인물이 머물러 있던 곳을 떠나 다른 곳으로 여행하는 공간 이동이 중심이 되는 서사로, 출발점으로부터 도착점에 이르는 인물의 여로가 중심 사건이며, 작품의 주제 전달에도 핵심적 기능을 한다.

여로형 서사가 여행 서사의 하위 범주이기는 하지만 이 작품을 여행 서사가 아닌 여로형 서사로 굳이 변별한 것은 여행은 본질적으로 다른 경험(자신이 위치한 공간이 아닌 다른 공간으로 이동하며 새로운 경험을 하는 것)을 통해서 개인의 전체성을 구성할 수 있도록 도와주는 사회 현상이기 때문이다. 여행은 장소 이동이라는 피상적 의미보다 개별 주체의 욕망과 경험을 통한 자기 발견과 재구성이라는 요소가 두루 내재된 개념이다.[18] 하지만 관우는 여러 공간을 이동, 여행하지만 개별적 공간의 의미화나 자기 발견에 목적이 있는 것이 아니다.

반면 여로형 서사는 작중인물이 머물러 있던 곳을 떠나 다른 곳으로 이동하는 여정이 작품의 중심 구조를 이루며 여기서 공간 이동은 지리적 여행에 한정된다. 따라서 여로형 소설은 출발점으로부터 도착점에 이르는 인물의 물리적인 공간 이동 즉 여로에 방점이 놓이고 관우의 여로는 회차별로 독립성과 연결성을 가지며 관우와 진화의 운명적 사랑을 반복적으로 에피소드화하고 있다. 짧은 만남, 긴 이별로 여행이 계속 될수록 이들의 운명은 더욱 끈끈하고 질기게 접착된다.

18　이소운, 「여로형 소설의 크로노토프」, 『국어교육연구』 41, 국어교육학회, 2007, 247~282쪽.

관우와 묘운은 칠 년 만에 돌아온 무릇골에서 귀가 잘린 채 버려진 아이를 발견한다. 돌멩이처럼 길에서 주었다 하여 노석이란 이름을 붙여 기른 사내아이는 사실 과부댁이 고경덕에게 겁탈 당해 낳은 아이로 이후 과부댁은 정신을 놓고 우물에 빠져 죽는다. 관우는 진화를 빼앗아 간 고경덕의 '씨'를 자신이 기른다는 것에 깊은 운명의 수수께끼로 느낀다.

과부댁의 장례로 관우가 돌아온 것을 알게 된 진화는 초상과 상관없이 칠 년 만에 보는 관우에게 더욱 큰 사랑의 감정은 느끼고 관우 또한 진화에게 강렬한 애정을 느낀다. 진화가 계속해서 관우를 결혼시키려는 이유는 자신과의 결혼이 운명적으로, 현실적으로 불가능한 상황에서 자신과 끈이 있는 다른 여성과 관우를 결혼시켜 옆에서라도 지켜보기 위한 차선책인 것이다. 친인척이라는 명분(관우와 결혼 할 난실은 진화의 먼 일가 조카이다)으로 관우를 옆에 두고 싶은 진화는, 자신이 사랑하는 사람임에도 다른 여성과 결혼시켜야 하는 운명에, 관우에게 채찍질을 가함으로서 울분을 표출한다. 관우 또한 이 기이한 관계, 끊을래야 끊을 수 없는 운명의 채찍을 받으며 자신의 운명을 받아들인다.

진화가 그리운 날이면 관우는 난실에게 채찍질을 부탁한다. 이때의 채찍질은 단순한 가학과 피학의 관계가 아니라 보통의 사랑하는 남녀처럼 열정적으로 사랑할 수 없었던 진화와 관우의 운명에 대한 몸부림이자 수용의 낙인이다. 또한 진화와 관우를 둘러싸고 실타래처럼 엉킨 인간관계에 대한 희생제의이다. 고경덕의 처 진화를 관우가 포옹하고 고경덕의 씨 노석이가 관우의 처 난실을 희롱하는 강렬한 운명의 인과 속에서 관우는 진화를 꿈꾸며 죽어 간다.

『꽃과 뱀』의 내부 이야기는 사랑을 가로막는, 운명을 극복하고자 하는 연인들의 노력에 집중하지 않는다. 전세(前世)에서부터 내세(來世)까지 이미 정해져 버린 운명의 순리를 따라 만나고 헤어짐을 반복하면서도 사랑의 강도를 높이고 언젠가 다시 만나리라는 믿음의 강렬성은 찰나의 욕망을 압도한다. 관우와 진화가 서로에게 평생 동정(童貞)으로 살았다는 것은 운명적 사랑에 순종한 것이며 이로써 이들에게 사랑은 숙명이 되었다. 그 운명의 힘 속에 신의 섭리를 발견하고 그것에 거역하지 않고 순종하는 데서 이들의 사랑은 적극성을 띠게 된다.

3) 그로테스크 판타지를 주조하는 초자연적 힘

운명이란 인간을 포함한 모든 것을 지배하는 초인간적인 힘을 뜻한다. 운명은 삶이, 사랑이 인간의 의지와 이성으로 견인되는 것이 아니라 예언이나 마력, 신앙으로 증명됨으로써 인간의 이해를 넘어서는 것이다. 인간을 포함한 우주만유의 일체가 어떤 힘이나 존재의 지배를 받는 것이라 생각하여 그 지배하는 필연적이고 초인간적인 힘, 또는 그 힘에 의하여 신상에 닥치는 길흉화복을 우리는 운명이라 불렀으며 이러한 사상을 숙명론 또는 운명론이라고 하였다.

앞서 지적한 바와 같이 관우와 진화의 사랑은 여로형 서사를 통해 운명성을 극대화한다. 비개연성의 개연성, 즉 서사의 논리를 해치면서까지 계속되는 우연의 중첩은 인과의 절대성으로 나아가게 한다. 더불어 이 작품을 더욱더 운명적으로 물들이는 초인간적, 초자연적 현상들은 운명의 절대성을 배가시키고 작품 전체를 이성적 해석을 거부하는 그로테스크함으로 물들인다. 그로테스크한 이미지가 제공하는 감각적 경험은 기존의 이성적 사유에 대한 전도로서 반합리적이다.

이 작품의 제목 '꽃'과 '뱀'은 관우와 진화의 상징적 치환이자, 진화가 그린 그림의 제목이기도 하다. 즉 꽃은 관우를, 뱀은 진화를 은유하는데, 꽃은 아름다움의 상징인 동시에 순결함, 새로움의 상징이며 여성적인 것이지만[19] 이 작품에서는 관우의 수동성, 깨끗한 영혼 등을 표상한다. 진화의 관상을 보고 사체(蛇體)로 생겼다는 묘운의 말처럼 뱀은 진화를 상징한다. 특히 뱀 상징은 양가성을 갖는데 전체를 강조할 때와 주요한 특성을 강조할 때 그 상징적 의미가 달라진다. 예컨대 껍질을 벗는 모습, 혓바닥을 내미는 모습, 몸 전체가 물결치는 모습, 쉬잇 소리, 희생물을 둥글게 감으며 공격하는 방식 등은 다양하게 해석될 여지를 갖는다.[20] 이 작품에서 뱀(진화)은 꽃으로 상징되는 관우의 몸을 칭칭 감고 그 중심(얼굴, 목)을 향해 갈라진 붉은 혓바닥을 날름거린다. 나무를 칭칭 감고 있는 뱀의 이미지, 혹은 희생물에 똬리를 튼 뱀은 디엘에 의하면 성서적 상징을 환기하며 부정의 원리를 의미한다. 그것은 나무를 감고 있는 뱀의 형태가 악의 근원으로서의 생명과 부패가 서로 밀접한 관계에 있음을 암시하기 때문이다. 희생물을 향해 춤추는 찢어진 혓바닥 또한 생명과 부패의 근원으로서의 악을 상징하거나 창조나 생명과 대립되는 파괴, 죽음, 혹은 불모의 세계를 상징한다고 한다.[21] 진화는 '뱀'으로 환기되는 것 외에도 '바람'으로 자주 언급됨을 알 수 있다. 이

---

19 이승훈, 『문학상징사전』, 고려원, 1995, 184쪽.
20 위의 책, 208~218쪽.
21 아지자·올리비에리·스크트릭, 장영수 역, 『문학의 상징 주제 사전』, 청하, 1989, 301~303쪽.

작품의 1949년 단행본 제목이 『꽃과 뱀』이고 1954년 『여성계』에 연재된 제목이 『바람의 향연』인 것을 볼 때 '뱀'과 '바람'은 모두 진화를 상징한다고 할 수 있다. 바람은 능동적이고 격렬한 상태에 있는 공기로, 특히 이집트와 그리스의 경우 악의 힘을 소유하는 것으로 인식되었다고 한다.[22]

관우의 인생에 똬리를 튼, 바람을 일으키는 진화는 관우의 종교적 삶을 뒤흔드는 '악'의 요소로서 인간적 욕망을 표상하지만 이들의 대립적 성격이 강화될수록 운명성 또한 강화된다. 이처럼 남녀 주인공의 형상화에 꽃, 뱀, 바람 등의 자연적 요소가 결합됨으로써 인물의 서사성은 약화되고 그로테스크한 이미지가 강화된다. 그로테스크는 로마문화의 초기 기독교 시대에까지 거슬러 올라가는 예술양식으로 당시 하나의 그림 속에 인간적인 요소와 동식물적인 요소들이 함께 얽혀 결합된 양식이 발전된 것이다. 그로테스크는 사실성이 차단된 자연과의 유사성이라는 맥락에서 충격과 섬뜩함, 뭐라 표현할 수 없는 당혹감을 느끼게 한다.

남녀 주인공이 자연물로 은유화되는 것과 함께 내부 이야기의 시작이 '희한한 운명의 길을 예고하는' 관우의 꿈으로부터 출발되는 것은 상당한 의미를 지닌다. 일반적으로 소설에서 꿈은 복선적 역할을 함으로써 앞으로 일어날 일의 조짐을 앞당겨 보여주는 기능을 수행한다. '꽃 속에 뱀이 있고 뱀이 처녀로 변하는 꿈'은 꿈의 메커니즘 중 어떤 표상이 다른 특정 사물로 뒤바뀌는 상징적 표상으로서 예언성을 갖는다. 묘

---

22 이승훈, 앞의 책, 187쪽.

운에게 실없는 소리로 치부되는 이 꿈은 후에 관우가 사년 만에 만난 진화에게 이야기하고, 진화가 꿈을 이미지(그림)로 완성함으로써 운명적 주술성을 갖게 된다.

뱀의 상체가 중의 가슴에 합장하고 있는 손바닥을 지나 오른편 겨드랑이를 빠져 왼편 귀밑으로 나와 빨간 주둥이를 중의 턱 아래에 바싹 들이댔다. 뱀의 몸은 흑칠같이 완전히 검고 번쩍번쩍 윤이 나는데 뱀의 상체는 중의 몸에 그 하체가 숨은 곳은 불꽃이 활활 타오르는 듯이 풍성하게 피어 있는 진달래 덤불이다. 젊은 중은 가슴에 안긴 뱀을 쥐고 꿈을 보는 듯 도취되어 있지 않는가. (…중략…)
뱀의 주둥이 끝에는 굵은 바늘 같은 두 개의 혓바닥이 가위처럼 날름거리는 것이 보인 때문이다. 어찌 보면 뱀은 살아서 방금 진달래 덤불 속에서 나무둥치를 감고 그리고 중의 가슴팍을 휘감아 턱 아래로 들어가고 있는지도 모른다.(『꽃과 뱀』, 51~53쪽)

진화가 정열을 쏟아 그린 이 그림 한 폭은 관우의 평생을 지배하는 사랑의 약도라 해도 좋고 천애의 고아로 유리하는 관우 자신의 운명의 거울이라 해도 좋다.(『꽃과 뱀』, 174쪽)

관우의 복선적 꿈이 예언적 기능을 수행함과 함께 운명의 초자연적 힘을 부각시키는 것이 뱀의 현실적 활동성이다. 관우가 꽃으로 진화가 뱀으로 상징되는 것은 극히 자연스럽지만 이러한 이미지가 에너지를 갖고 실제에 출현할 때 사실적 설명은 불가능해진다. 그로테스크가 판타지가 되는 지점이다.

관우는 진화를 만나고 온 이후 '뱀이 자기 가슴에 착 달라붙어 그 예리한 혓바닥으로 자기 목에서 선혈을 빨아내고 있는' 꿈을 꾸는데 꿈 이후 폐결핵이 걸려 사십일을 사경을 헤매게 된다. 또한 진화의 주선으로 무릇골 시누이와 결혼을 올리던 날 신부는 진화가 결혼 선물로 보낸 '꽃과 뱀'의 그림을 보고 신랑의 몸뚱이에 뱀이 서리어 있는 것 같은 공포를 느낀다. 그리고 온몸에 뱀의 무늬를 남긴 채 죽는다.[23] 뱀에 물려 죽었다는 소문과 함께 '신부는 잠옷을 입고 화관족두리를 쓴 채 관속으로 들어갔다' 신부의 장례식이 끝난 후 허물만을 남겨 놓고 사라진 뱀의 그림이나 관우의 처소에서 똬리를 튼 뱀이 발견된 것을 볼 때 현실적으로 설명할 수 없는 초자연적 힘이 작품의 전반을 지배하고 이러한 그로테스크 판타지는 인간의 사유로는 설명할 수 없는 운명의 마력을 드러낸다.

3. 나오며

본고는 김말봉의 해방 이후 첫 완결작인 『꽃과 뱀』을 분석함으로써 신문에 연재된 인기작 중심의 편향된 연구를 지양하는 개별 작품의 의미론과 함께 김말봉의 다채롭고 풍부한 작품 세계를 조명하고자 하였

---

23 순간 관우의 눈이 커다랗게 열렸다. 관우는 몇 번이나 눈을 서먹서먹하고 신부의 가슴을 내려다 보고 앉았다. 봉곳이 솟아오른 유방을 걸쳐 불긋불긋 비늘 같은 혈반이 돋쳐 있는가 하면 그 혈반은 큰 구렁이의 몸뚱아리 넓이로 비늘 같은 무늬가 박혀져 있는 것이다. 희한하게도 구렁이의 무늬는 젖가슴을 비스듬히 지나 어깨를 넘어갔다. 관우는 뱀의 무늬를 따라 저고리를 벗겨 보았다. 어깨를 감은 뱀의 무늬는 신부의 왼편 귀 밑에서 끝이 났다. 마치 진화에게서 선물로 받은 그림 '꽃과 뱀'에서 중의 몸에 구렁이가 감겨 있는 포즈와 비슷하다.(『꽃과 뱀』, 182쪽)

다. 그간 김말봉은 내용(주제)의 압도적 우위로 인한 평이하고 단순한 구조, 이로 인한 소설적 형상화의 미달, 엇비슷한 작품을 찍어내는 '판박이 작가'라는 비난을 받아 왔다. 하지만 이 작품에서는 형식적 고민을 통해 전지적 소설 방식에서 탈피해 독자들의 호기심과 지적 욕구를 충족시킴으로써 주제화에 성공하고 있다.

작품은 전체적으로 볼 때 액자소설의 형식을 취하는데 정상치에서 일탈된 기인형 인물들(백 첨지, 주부, 젊은 사나이, 해골 노인)과 비현실적이고 충격적 내용(노인에게 채찍을 가하는 인물들의 연합)을 담고 있는 외부 액자의 파격성을 긴 호흡의 내부 액자가 추리하듯 밝혀냄으로써 독자들의 긴장감은 유지되고, 내부 액자의 여로형 서사는 회차별로 독립성과 연결성을 가지며 관우와 진화의 반복되는 인연을 운명적으로 물들이고 있다. 비개연성의 개연성, 즉 서사의 논리를 해치면서까지 계속되는 우연의 중첩은 우리로 하여금 인과의 절대성으로 나아가게 한다. 남녀 주인공의 형상화에 꽃, 뱀, 바람 등의 자연적 요소가 결합됨으로써 인물의 서사성은 약화되고 그로테스크한 이미지가 강화되는데, 관우가 꽃으로 진화가 뱀으로 상징되는 것은 극히 자연스럽지만 은유화된 이미지가 실제에 출현할 때 사실적 설명은 불가능해진다. 이러한 초인간적, 초자연적 현상들은 운명의 절대성을 배가시키는데, 운명은 삶이, 사랑이 인간의 의지와 이성으로 견인되는 것이 아니라 예언이나 마력, 신앙으로 증명됨으로써 인간의 이해를 넘어서는 것이다. 현실적으로 설명할 수 없는 초자연적 힘이 작품의 전반을 지배하고 이러한 그로테스크 판타지는 인간의 사유로는 설명할 수 없는 운명의 마력을 드러낸다.

본 연구는 『꽃과 뱀』이 김말봉의 작품 중 제재와 구성 면에서 가장 김말봉'답지' 않은 작품(스님이라는 제재, 사회적 리얼리티의 제거, 환상적인 요소)이며 주제 면에서 가장 김말봉'스러운' 작품(연애소설적 형식, 운명론적 세계관)이라 전제하고 『꽃과 뱀』의 독특성과 보편성에 주목하였다. 이러한 연구 결과는 『밀림』과 『찔레꽃』 속에 갇힌 김말봉의 작품 세계에 대한 새로운 이해를 요구하며 다양한 작품 해석을 기대하게 한다.

작가 연보

<table>
<tr><td>1901.4.3</td><td>경남 밀양에서 부 김해 김씨 윤중(允仲)과 모 배복수(裵福守) 사이의 3자매 중 막내
로 출생, 함양군 안의면에서 성장.
본적은 부산시 영주동 517번지.
본명은 말봉(末峰), 필명은 보옥(步玉), 말봉(末鳳), 아호는 끝뫼, 노초(路草, 露草).
미국인 어을빈의 부인이 경영하는 기독교계 소학교에서 초등학교를 마침.</td></tr>
<tr><td>1914</td><td>일신(日新)여학교(현 동래여고) 입학.</td></tr>
<tr><td>1917</td><td>일신여학교 3년 수료, 상경하여 정신여학교 4년 편입.</td></tr>
<tr><td>1919.3</td><td>서울 정신여학교 4년 졸업.</td></tr>
<tr><td>1919</td><td>황해도 재령 명신여학교 교원.</td></tr>
<tr><td>1922.11</td><td>도쿄에 있는 송영고등여학교(松榮高等女學校) 4학년에 편입. 고근여숙에 기숙.</td></tr>
<tr><td>1923</td><td>송영고등여학교 5학년 졸업.</td></tr>
<tr><td>1924.4.11</td><td>교토 동지사 여자전문학부 영문과 입학.</td></tr>
<tr><td>1924</td><td>목포의 이의현 씨와 동거.</td></tr>
<tr><td>1925</td><td>『동아일보』 신춘문예 가정소설 부문에 단편 「시집살이」가 3등으로 입상, 아호
인 노초로 연재.</td></tr>
<tr><td>1927.3.21</td><td>교토 동지사 여자전문학부 영문과 졸업.</td></tr>
<tr><td>1928</td><td>첫 딸 매매(재금) 출생, 이 무렵 첫 결혼을 정리한 듯함.</td></tr>
<tr><td>1929</td><td>『중외일보』 기자.</td></tr>
<tr><td>1930.11.26</td><td>1930년 후반기까지 『중외일보』 기자로 있다가 미국 하와이로 유학을 간다고 부
산으로 내려갔다고 함. 하지만 유학 소식은 들려오지 않고 결혼 소식이 최신식
청첩(1930.11.26, 상오 11시 부산 영주동 525번지 자택에서 전상첨과 결혼식을 거행)으로
친지들에게 발표되었다고 함.</td></tr>
<tr><td>1932</td><td>『중앙일보』 신춘문예에 단편 「망명녀」가 김보옥(金步玉)이라는 필명으로 당선되
어 문단에 데뷔.</td></tr>
</table>

1933	부산 동구 좌천동 794번지에 거주.
	전상범 씨와의 사이에 영, 보옥 쌍둥이와 제옥을 낳음.
1935.9.26	『동아일보』에 『밀림』을 연재하기 시작.
1936.1.26	부군 전상범 씨 사망.
1936.8.29	『동아일보』 강제 정간으로 『밀림』 연재 중단.
1937.3.31	『조선일보』에 『찔레꽃』 연재 시작.
1937	이종하(李鍾河) 씨와 세 번째 결혼, 본적 경남 밀양군 하남읍 수산리 445번지.
	혼인 신고는 1943년 4월 29일에 함.
1937.6.10	딸 정옥(貞沃) 출생.
1937.10.3	『조선일보』의 『찔레꽃』 연재 완결.
1937.11.4	『동아일보』에 『밀림』을 다시 연재하기 시작.
1938.12.25	『밀림』 후편 연재 중단.
1941.4.4	아들 무(茂) 출생(김말봉 씨 소생의 자녀는 모두 6명).
1945	해방까지 일어로 글쓰기를 거부, 가난과 싸움.
	서울 중구 동자동 18-20으로 이주.
1946.3.21	『동아일보』에 오랫동안의 침묵을 깨고 장편소설 『밤과 낮』을 집필하기로 되었다는 소식이 발표되지만 실제 연재되지 않음.
1947	신문사의 연재 예고나 문인 소식을 통해 볼 때 소설 쓰기를 재계하였으나 연재 지면을 얻지 못하는 듯하다가 『부인신보』에 「카인의 시장」을 연재하기 시작함. 이 소설은 후에 『화려한 지옥』으로 제목이 바뀌어 문연사에서 단행본이 출간. 오랜 절필의 시간을 뒤로 하고 본격적인 소설 쓰기가 시작됨.
1949	하와이 시찰(보배 언니가 하와이에 거주).
1950	귀국, 부산으로 피난하여 수정동에 거주.
1952.9	베니스에서 열린 세계 예술가 대회에 한국대표로 참가.
1954	「새를 보라」, 「바람의 향연」, 「옥합을 열고」, 「푸른 날개」 등 4편의 소설을 동시에 연재. 부군 이종하 씨 사망.
1955	미 국무성 초청으로 도미 시찰, 펄벅 여사 만남.
1956	미국에서 귀국.
1957	「생명」, 「푸른 장미」, 「방초탑」 등 3편의 소설을 동시에 연재.

1957.12.2	성남교회 창립일에 기독교 장로교회에서 여성 장로로 피선(최초의 여성 장로), 대한민국 예술원 회원에 당선.
1958	「화관의 계절」, 「행로난」, 「사슴」, 「아담의 후예」, 「광명한 아침」, 「장미의 고향」, 「제비야 오렴」, 「환희」, 「해바라기」 등의 작품을 1959년에 걸쳐 발표, 왕성한 작품 활동을 함.
1960.4	폐암으로 세브란스 병원에 입원.
1961.2.9	종로 오세헌 내과에 재입원하였으나 상오 6시 사망.
1962.2.9	1주기를 맞아 망우리 묘지에 묘비를 세움.

작품 연보

1. 단편소설

작품명	연재 정보
시집살이	『동아일보』, 1925. 4. 18~25(신춘문예 가정소설 3등, 노초로 연재).
망명녀	『중앙일보』, 1932. 1. 1~10(신춘문예 당선, 김보옥으로 연재).
고행	『신가정』, 1935. 7.
편지	『조선 여류문학 선집』, 조선일보사, 1937.
성좌는 부른다	『연합신문』, 1949. 1. 23~29(6회 연재).
낙엽과 함께	『신여원』, 1949. 3.
선물	『현대문학』, 1951.
합장	『신조』, 1951. 6.
어머니	『신경향』, 1952. 1.
망령	『문예』, 1952. 1.
바퀴소리	『문예』, 1953. 2.
처녀애장	『전선문학』, 1953. 2.
전락의 기록	『신천지』, 1953. 7, 8.
이슬에 젖어	『현대공론』, 1954. 12.
여적	『한국일보』, 1954. 12. 10~1955. 2. 13(10회).
식칼 한 자루	『신태양』, 1955. 2.
여심	『현대문학』, 1955. 2.
여신상	『여성계』, 1956. 1~6, 9, 11.
사랑의 비중	『여원』, 1956. 4.

2. 장편소설

작품명	연재 정보
밀림	『동아일보』, 1935.9.26~1936.8.27(『동아일보』 4차 정간으로 233회로 연재 중단). 1937.11.4~1938.2.7(총 293회로 전편 완재). 1938.7.1~12.25(후편 96회 연재 후 후편 중단, 미완).
요람	『신가정』, 1935.10~1936.2(4회로 연재 중단).
찔레꽃	『조선일보』, 1937.3.31~10.3.
카인의 시장	『부인신보』, 1947.7.1~1948.5.8(이후 『화려한 지옥』으로 문연사에서 1951년 8월 초판 발행).
꽃과 뱀	1949(연재 여부 불확실).
별들의 고향	1950(연재 여부 불확실).
설계도	『매일신문』, 1951(연재 일자 불확실).
출발	『국제신문』, 1951(연재 일자 불확실).
파도에 부치는 노래	『희망』, 1951.10~1952.10・1953.1~6.
태양의 권속	『서울신문』, 1952.2.1~7.9(139회).
계승자	『사랑의 세계』, 1952.
새를 보라	『대구매일신보』, 1954.2.1~6.17(120회).
바람의 향연	『여성계』, 1954.1~1955.1.
옥합을 열고	『새가정』, 1954.2~1955.3.
푸른 날개	『조선일보』, 1954.3.26~9.13(161회).
탕아기	『여성계』, 1955.2.
찬란한 독배(毒盃)	『국제신문』, 1955.2.15~7.9(138회).
길	『희망』, 1956.
생명	『조선일보』, 1956.11.28~1957.9.16(265회).
푸른 장미	『국제신문』, 1957.6.15~12.25(186회)
방초탑	『여원』, 1957.2~1958.2.
화관의 계절	『한국일보』, 1957.9.18~1958.5.6(228회).
행로난	『주부생활』, 1958.
사슴	『연합신문』, 1958.6~12.
아담의 후예	『보건세계』, 1958.6~1959.2.
광명한 아침	『학원』, 1958.8~1959.1.
장미의 고향	『대구매일신보』, 1958.11.20~1959.4.22(142회).
제비야 오렴	『부산일보』, 1958.12.1~1959.7.19(227회).

작품명	연재 정보
환희	『조선일보』, 1958.12.15~1959.6.12(217회).
해바라기	『연합신문』, 1959.7~1960.2.
이브의 후예	『현대문학』, 1960.4~5 연재중단, 장편(미완).

3. 시

작품명	연재 정보
암흑을 깨트리고	『신생활』, 1922.6.
비오는 빈촌	『신생활』, 1922.6.
광야에 누워	『신생활』, 1922.6.
머리 둘 곳은 어데?	『신생활』, 1922.7.
오월의 노래	『신가정』, 1935.5.
해바라기	『신가정』, 1935.9.

4. 수필

작품명	연재 정보
이상향의 남녀생활	『신생활』, 1922.8.
일기 중에서	『신생활』, 1922.9.
신사의 멱살 잡고	『별건곤』, 1927.8.
여기자 생활의 감상	『조선지광』, 1930.1.
매매가 이픈 밤	『중외일보』, 1930.3.29.
비치는 대로의 최의순씨	『철필』, 1930.8.
만리장공 속에 달만 홀로 달려	『신가정』, 1935.8.
애독자에 보내는 작가 편지	『삼천리』, 1935.8.
5월은 내 사랑의 상징	『조광』, 1936.5.
나의 분격	『삼천리』, 1936.12.
잠꼬대	『소년』, 1937.10.
여행을 하고 싶다	『동아일보』, 1938.1.8.

작품명	연재 정보
공창 폐지와 그 후 일 년	『연합신문』, 1949. 1. 23.
공창 폐지와 그 후의 대책	『민성』, 1949. 10.
낙엽과 주검	『연합신문』, 1949. 11. 9~11.
여권의 확립	『부인경향』, 1950. 1.
양여사와 나의 아라비안 인사	『부인』, 1950. 2.
하와이 야화	『신천지』, 1952. 3.
멀리 떠나 있는 남편	『신천지』, 1952. 5.
베니스 기행	『신천지』 속간호, 1953. 5.
딱한 문제	『신천지』, 1953. 5.
내 아들 영이	『문예』, 1953. 9.
농촌부녀에게 부치는 편지	『노향』, 1954. 3.
나의 청춘기	『중앙일보』, 1954. 8. 1.
나는 어머니를 닮았다고	『새벽』, 1954. 12.
대망의 노트	『사상계』, 1955. 3.
아메리카 3개월 견문기	『한국일보』, 1955. 12. 8~13.
미국에서 만난 사람들	『한국일보』, 1956. 11. 18~23.
미국기행	『연합신문』, 1956. 11. 26~12. 6.
시장께 올리는 인사	『경향신문』, 1957. 1. 4.
화장과 독서와	『연합신문』, 1957. 1. 6.
인간·여인·전화	『경향신문』, 1957. 3. 10.
아내라는 이름의 가정부	『여성계』, 1957. 5.
바느질 품에 늙고	『평화신문』, 1957. 5. 9.
주부들에게 보내는 새해의 편지	『한국일보』, 1958. 1. 12.
십대의 성년 기록	『연합신문』, 1958. 1. 22~23.
제1회 내성상 심사 소감	『경향신문』, 1958. 2. 22.
함께 하고 싶은 이야기	『한국일보』, 1958. 5. 6.
가을과 싱거운 병	『경향신문』, 1958. 9. 9.
한국남성은 정말 매력 없다	『자유공론』, 1958. 12.
남의 나라에서 부러웠던 몇 가지 사실들	『예술원보』, 1958. 12.
전화라는 것	『경향신문』, 1959. 1. 7.
매화	『서울신문』, 1959. 2. 6.
봄이라는 계절	『연합신문』, 1959. 2. 11.

작품명	연재 정보
학생과 신문과 병과	『경향신문』, 1959.3.3.
대중문학	『경향신문』, 1959.3.5.
크리스마스이브	『서울신문』, 1959.12.4.

5. 평론

작품명	연재 정보
감상과 비평	『중외일보』, 1930.2.19.
여성과 문예	『서울신문』, 1949.8.6~9.

6. 동화

작품명	연재 정보
어머니의 책	『새벗』, 1952.1.
호배추와 달걀	『대벗』, 1952.
씨름	『소년세계』, 1952.12.
신랑과 신부와 화살과	『학원』, 1953.2.
은순이와 메리	『새벗』, 1953.10.
인순이의 일요일	『학원』, 1953.12.
파초의 꿈	『학원』, 1954.
파랑지갑	『학생계』, 1954.4.

7. 기타

작품명	연재 정보
(앙케이트) 명류부인의 산아 제한—기회 오면 단행	『삼천리』, 1930, 초추.
(콩트) 산타클로스	『조광』, 1935.12.

작품명	연재 정보
(콩트) S와 주기도문	발표 연대 미상.

8. 단행본

책명	발행 정보
찔레꽃	인문사, 1939, 장편.
밀림	영창서관, 1942, 장편.
찔레꽃	합동사서점, 1948, 장편.
꽃과 뱀	문연사, 1949.
화려한 지옥	문연사, 1951, 소설집.
태양의 권속	삼신출판사, 1953, 장편.
별들의 고향	정음사, 1953, 장편.
푸른 날개	형설출판사, 1954, 소설집.
밀림	영창서관, 1955, 장편.
생명	동인문화사, 1957, 장편.
푸른 날개	남향문화사, 1957, 장편.
생명, 푸른 날개	민중서관, 1960, 장편.
바람의 향연	신화출판사, 1962, 장편.
찔레꽃	진문출판사, 1972, 장편.
벌레 많은 꽃	대일출판사, 1977, 소설집.

참고 문헌

강옥희, 「1930년대 후반 대중소설 연구」, 상명대 박사논문, 1999.

고인덕, 「신문소설에 나타난 가치연구」, 서강대 석사논문, 1980.

고준영, 「1930년대 신문장편소설에 나타난 민족관」, 고려대 석사논문, 1980.

권미라, 「김말봉 통속소설 연구―『밀림』, 『찔레꽃』을 중심으로」, 영남대 석사논문, 2006.

권선아, 「1930년대 대중소설의 양상 연구―『찔레꽃』의 구조와 의미를 중심으로」, 고려대
　　　　석사논문, 1994.

김강호, 「1930년대 한국 통속소설 연구」, 부산대 박사논문, 1994.

김동윤, 「1950년대 신문소설 연구」, 제주대 박사논문, 1999.

김미영, 「김말봉의 『밀림』과 『찔레꽃』의 독자수용과정에 대한 인지심리학적 고찰」, 『어문
　　　　학』 107, 2010.

김영찬, 「1930년대 후반 통속소설 연구―『찔레꽃』과 『순애보』를 중심으로」, 성균관대 석사
　　　　논문, 1995.

김영택, 「친일세력 미 청산의 배경과 원인」, 『한국학논총』, 국민대 한국학연구소, 2009.

김자성, 「독일문학작품에 구현된 가인 아벨의 소재 변용(Ⅰ)」, 『헤세연구』 제23집, 2010.6.

김한식, 「김말봉의 『찔레꽃』과 '본격통속'의 구조」, 『한국학연구』 12, 2000.

대중서사학회, 『연애소설이란 무엇인가』, 국학자료원, 1998.

민병덕, 「한국 근대 신문연재소설 연구―작품의 공감구조와 출판의 기능을 중심으로」, 성
　　　　균관대 박사논문, 1988.

박산향, 「김말봉 소설 『꽃과 뱀』에 나타난 양면성 고찰」, 『인문사회과학연구』 14, 2013.

_____, 「김말봉 장편소설의 남녀 이미지 연구」, 부경대 박사논문, 2014.

박선희, 「『찔레꽃』에 나타난 스포츠와 연애」, 『우리말 글』 59, 2013.

_____, 「김말봉의 『佳人의 市場』 개작과 여성운동」, 『우리말 글』 54, 2012.

박종홍, 「『밀림』의 담론 고찰」, 『현대소설연구』, 2002.

박유미, 「해방 후 공창제 폐지와 그 영향에 관한 연구」, 『역사와 실학』 41, 2010.

박철우, 「1970년대 신문 연재소설 연구」, 중앙대 석사논문, 1996.

반건우, 「1930년대 대중 연애소설의 서사구조 연구 – 김말봉의 『찔레꽃』과 박계주의 『순애보』를 중심으로」, 한양대 석사논문, 2009.

배기정, 「『찔레꽃』의 전개양상과 그 의미」, 『국어교육학연구』 28, 1990.

배상미, 「성노동자에 대한 낙인을 통해 본 해방기 성노동자 재교육운동의 한계 – 김말봉의 『화려한 지옥』과 박계주의 『진리의 밤』을 중심으로」, 『현대소설연구』 55, 2014.

백운주, 「1930년대 대중소설의 독자 공감요소에 관한 연구 – 『흙』 『상록수』 『찔레꽃』 『순애보』를 중심으로」, 제주대 석사논문, 1996.

백 철, 「김말봉씨 저 『찔레꽃』」, 『동아일보』, 1938.

부산여성가족개발원, 『부산 여성사 Ⅰ – 근현대 속의 부산여성과 여성상』, 부산여성가족개발원, 2009.

서동훈, 「한국 대중소설 연구 – 연애소설을 중심으로」, 계명대 박사논문, 2003.

서영채, 「1930년대 통속성의 존재방식과 그 의미」, 『민족문학사연구』 4, 1993.

서정자, 「삶의 비극적 인식과 행동형 인물의 창조 – 김말봉의 『밀림』과 『찔레꽃』 연구」, 『여성문학연구』. 2002.

_____, 「아나키즘과 페미니즘 – 김말봉의 경우」, 『한국문학평론』 19·20, 2002.

_____, 「김말봉의 현실인식과 그 소설화」, 『문학예술』, 2004 봄.

손종업, 「『찔레꽃』에 나타난 식민도시 경성의 공간 표상체」, 『한국근대문학연구』, 2007.

송경섭, 「일제하 한국 신문연재소설의 특성에 관한 연구」, 서울대 석사논문, 1974.

안미영, 「김말봉의 전후 소설에서 선·악의 구현 양상과 구원 모티프 – 『새를 보라』·『푸른 날개』·『생명』·『장미의 고향』에 등장하는 '고학생'을 중심으로」, 『현대소설연구』, 2004.

안창수, 「『찔레꽃』에 나타난 삶의 양상과 그 한계」, 『영남어문학』 12, 1985.

양동숙, 「해방 후 공창제 폐지과정 연구」, 『역사연구』 9호, 2001.

양찬수, 「1930년대 한국 신문연재소설의 성격에 관한 연구」, 동아대 석사논문, 1977.

오미남, 「1930년대 후반기 통속소설 연구」, 중앙대 석사논문, 1995.

오인문, 「한국신문연재소설의 사회적 기능에 대한 고찰」, 중앙대 석사논문, 1977.

오태영, 「가정소설의 정치학」, 『나혜석연구』 2, 2013.

유문선, 「애정갈등과 통속소설의 창작방법 – 김말봉의 『찔레꽃』에 관하여」, 『문학정신』,

1990.

유진아, 「1930년대 후기 장편소설에 나타난 통속성의 양상－『찔레꽃』과 『탁류』를 중심으로」, 한국외국어대 석사논문, 2004.

이경춘, 「1930년대 대중소설 연구－김말봉의 『찔레꽃』을 중심으로」, 경성대 석사논문, 1997.

이미향, 「일제 강점기 애정갈등형 대중소설 연구」, 숙명여대 박사논문, 1999.

이병순, 「김말봉의 장편소설 연구－1945~1953년까지 발표된 소설을 중심으로」, 『한국사상과 문화』 61, 2012.

이상진, 「대중소설의 반페미니즘적 경향－김말봉론」, 『문학과의식』, 1995.

이선희, 「김말봉씨 대저 『찔레꽃』 평」, 『조선일보』, 1938.

이원조, 「김말봉론」, 『여성』, 1937.

이정숙, 「김말봉의 통속소설과 휴머니즘」, 『한양어문연구』, 1995.

이정옥, 「대중소설의 시학적 연구－1930년대를 중심으로」, 서강대 박사논문, 1999.

이종호, 「1930년대 통속소설 연구」, 경북대 석사논문, 1996.

임미진, 「해방기 아메리카니즘의 전면화와 여성의 주체화 방식－김말봉의 『화려한 지옥』과 박계주의 『진리의 밤』을 중심으로」, 『한국근대문학연구』 29, 2014.

장두식, 「근대 대중소설 연구－1930년대 후반기 '연애소설'을 중심으로」, 단국대 박사논문, 2002.

_____, 「김말봉의 『찔레꽃』 연구」, 『국문학논집』 18, 2002.

장두영, 「김말봉 『밀림』의 통속성」, 『한국현대문학연구』 39, 2013.

장서연, 「1970년대 대중소설 연구」, 동덕여대 석사논문, 1999.

전영태, 「대중문학논고」, 서울대 석사논문, 1980.

정비아, 「세태소설의 세계관 연구」, 숙명여대 석사논문, 2002.

정하은, 『김말봉의 문학과 사회』, 종로서적, 1986.

정한숙, 『현대한국소설론』, 고려대 출판부, 1977.

정희진, 「김말봉의 『찔레꽃』 연구」, 공주대 석사논문, 2000.

조동일, 『한국문학통사』 제5권, 지식산업사, 1988.

진선영, 『한국 대중연애서사의 이데올로기와 미학』, 소명출판, 2013.

_____, 「한국전쟁기 김말봉 소설의 이데올로기 연구－『별들의 고향』을 중심으로」, 『겨레

어문학』 55, 2015.

_____, 「해방기 세태소설의 한 양상 ― 김말봉의 『가인의 시장』을 중심으로」, 『한국문화연구』 29, 2015.

_____, 「형식적 미학과 운명애의 향연 ― 김말봉의 『꽃과 뱀』을 중심으로」, 『여성문학연구』 36, 2015.

최미진, 「광복 후 공창폐지운동과 김말봉 소설의 대중성」, 『현대소설연구』, 2006.

최미진·김정자, 「한국전쟁기 김말봉의 『별들의 고향』 연구」, 『한국문학논총』, 2005.

_____, 「한국 대중소설의 상호텍스트성 연구 ― 김말봉과 최인호의 『별들의 고향』을 중심으로」, 『어문학』 89, 2005.

최지현, 「해방기 공창폐지운동과 여성 연대(solidarity) 연구 ― 김말봉의 『화려한 지옥』을 중심으로」, 『여성문학연구』 19, 2008.

최해군, 「소설가 김말봉과 그 곁사람들」, 『부산일보』, 2003.

추은주, 「1970년대 대중소설 연구」, 부산대 석사논문, 1997.

한림대학교 아시아문화연구소, 『미군정기 한국의 사회변동과 사회사』 1, 한림대 출판부, 1999.

한명환, 『한국현대소설의 대중미학 연구』, 국학자료원, 1997.

홍은희, 「김말봉 소설 연구」, 대구가톨릭대 석사논문, 2002.

황영숙, 「김말봉 장편소설 연구 ― 『푸른 날개』와 『생명』을 중심으로」, 『한국문예비평연구』, 2004.

『바람의 향연』 머리말

지금으로부터 십육 년 전 내가 어떤 신문사의 사회부 기자로 있을 때부터 고 '끝뫼' 김말봉 선생을 알게 되어 이 세상을 떠나시는 때까지 쭉 교제를 계속하여 왔다. 선생은 언제나 나를 친동생처럼 충고도 하여 주고 격려도 하여 주었을 뿐 아니라 때로는 선생의 개인, 가정 문제까지 흉허물 없이 놓고 서로 상의하는 처지이기도 했다.

×　×　×

선생께서는 철저한 기독교 신자로서 우리나의 첫 여자 장로였던 것으로서도 그가 진실한 기독교인이었다는 것을 말해주는 것이다. 선생은 오랜 문필가 생활에서 그 어느 작가보다도 부지런히 글을 썼으며 지금 남기고 가신 작품만도 이백여 편을 넘으니 능히 그의 다필하였음을 알 수 있는 것이다.

×　×　×

그는 종교인, 문인으로서 뿐만 아니라 지금도 내 기억에서 영영 잊어질 수 없는 일은 해방 후 공창 폐지 운동을 일으켜 동분서주 밤낮을 가리시지 않고 관계 요로에 다니면서 진정 호소, 입씨름을 한 덕으로 공창 제도를 폐지하는 법을 만들게 이르렀던 것은 높이 그의 인도주의적인 인간 면을 충분히 알고도 남음이 있는 것이다.

　그의 일주기를 맞이하여 친지들, 교우들, 그리고 그와 함께 친히 지내던 몇몇 분들의 진정어린 노력의 보람으로 돌아가신지 일 년 만에 그의 무덤 앞에 작으나마 비석을 세우게 된 것을 기쁘게 생각하는 바이다.

　　✕　✕　✕

　묘비의 제막을 끝내고 마음 한 구석의 허전함을 메우기 위하여 그의 이백여 작품 중에서 아직 널리 알려지지 않은 것으로서 특히 이채를 띠운 작품을 선택하여 출판하기로 하였다.

　　✕　✕　✕

　끝으로 이 책을 조판하였던 지형을 흔쾌히 내어주신 문연사 권주원 형과 이 책에 소개된 사진을 제공하여 주신 조선일보 및 대한일보 사진부 제형들, 제작에 애써주신 영남상사 주식회사 출판부 직원 일동에게 감사의 뜻을 깊이 표하는 바이다.

2월 9일
고인의 묘전에서
김 가랑

—『바람의 향연』, 신화문화사, 1962.